W0313326

Lotti Tomke

Sommerträume in der Inselbackstube mit Herz

ÜBER DAS BUCH

Sommer auf Timmeritz!

Die Ostseeinsel ist voller Touristen und Nele hat mit der Inselbackstube allerhand zu tun. Gleichzeitig richtet sie mit Konstantin ihr neues Zuhause ein. Der ist jedoch keine große Hilfe. Feuer und Flamme für sein aktuelles Romanprojekt, hat er wenig Sinn für Sideboards und Duschvorleger.

Schließlich bricht er zu einer Rechercheiese in die Schweiz auf, während sich Nele und Claudine daran machen, Oma Edis Wohnung über der Backstube auf Vordermann zu bringen. Dort macht Nele eine folgenschwere Entdeckung. Ihre Großmutter hütete all die Jahre ein Geheimnis aus der Vergangenheit, das nun Neles Leben auf den Kopf zu stellen droht.

OSTSEE
Timmeritz
Zingst
RÜGEN
Stralsund

1

Es war heiß. Über dreißig Grad, keine Wolke am Himmel. Die Grillen zirpten, die Vögel zwitscherten, es roch nach Grillfleisch und Sonnencreme. Auf jeden Fall an den Stränden von Timmeritz.

Hier, im Möbelhaus, roch es nach Putzmittel mit Lavendelduft und es hatte ungefähr minus zehn Grad, was einer defekten Klimaanlage geschuldet war. Im Abstand von fünf Minuten erfolgte eine Durchsage, dass man bereits dabei war, das Problem zu beheben. Fröstelnd strich ich mir über die Arme.

»Ist es nicht unglaublich, dass zwei erwachsene Menschen zusammenziehen und kein einziges eigenes Möbelstück besitzen«, sagte ich.

Konstantin strich gedankenverloren über die weiße Glanzlackoberfläche eines Kleiderschranks.

»Wusstest du, dass bereits 1938 den Juden in Deutschland die Führerscheine entzogen wurden, sie keine Betriebe mehr führen durften und ihre Wertpapiere und Schmucksachen abliefern mussten? Ab 1939 wurden die Einschränkungen immer gravierender: Erst durften sie abends ihre Wohnungen nicht mehr verlassen, dann mussten sie ihre Rundfunkgeräte bei der Polizei abgeben und schließlich durften sie keinen Fernsprechanschluss mehr besitzen. Der Wahnsinn steigerte sich in den folgenden Jahren immer weiter. Die Benutzung von öffentlichen Verkehrsmitteln wurde untersagt, der Besuch von Friseurgeschäften verboten, überflüssige Kleidungsstücke, Schreibmaschinen und Fahrräder mussten ausgehändigt werden. Was glaubst du, wie viele Menschen es gab, die nichts mehr besaßen? Gar nichts. Und wir unterhalten uns hier über Sideboards und Badvorleger, als wären sie lebensnotwendig.« Konstantins Kiefer mahlten.

Ich seufzte.

Er hatte ja recht. Es gab Wichtigeres im Leben als Möbel. Aber trotzdem war ich ein wenig genervt. Der Alltag existierte für Konstantin nicht mehr, seit er sich wie ein Besessener in die Arbeit seines Romans *Zwei Frauen, ein Krieg* stürzte. Darin porträtierte er das Schicksal zweier Frauen, deren Leben durch den Zweiten Weltkrieg maßgeblich beeinflusst worden war: Trude Ehlert, die ihr ganzes Leben auf Timmeritz verbracht hatte, und Sarah Grünspan, eine Jüdin, die als Mädchen zwei Jahre auf Trudes Dachboden ausharren musste, um dem Terror der Nazis zu entkommen. Eine tragische Geschichte, die es zweifelsohne wert war, erzählt zu werden.

Fakt war jedoch, dass Konstantin und ich gerade erst in unser gemeinsames Zuhause gezogen waren. Da wir aber beide immer nur in möblierten Wohnungen gelebt hatten, besaßen wir lediglich das, was uns Klaus, der

Vorbesitzer unserer schnuckeligen Reetdachkate, überlassen hatte – ein durchgesessenes Sofa, drei wackelige Regale, eine Badewanne mit goldenen Löwenfüßen und eine schicke Einbauküche. Immerhin. Aber als Bett mussten zur Zeit zwei Luftmatratzen herhalten und das Essen nahmen wir auf klapprigen Campingstühlen zu uns. Als Übergang war das schon in Ordnung, doch ich sehnte mich danach, unser Häuschen richtig einzurichten.

Konstantin hingegen verschanzte sich die meiste Zeit des Tages in seinem Arbeitszimmer. Als Schreibtisch diente ihm ein ausgedientes Türblatt, das er im Schuppen gefunden und einfach auf zwei Holzböcke gelegt hatte. Er saß auf einem Stück Baumstamm, das Klaus zum Holzhacken benutzt hatte, und seine Unterlagen stapelten sich in Bäckerkisten an der Wand. Ich bekam jedes Mal einen Zustand, wenn ich diesen Raum betrat, und warnte Konstantin vor dem drohenden Bandscheibenvorfall.

»Wir kaufen jetzt ein. Nur deshalb habe ich Fröde nach seinem Kleinlaster gefragt und nur deshalb sind wir bei diesem Traumwetter bis nach Rostock gefahren und frieren uns jetzt hier drinnen den Arsch ab«, sprach ich ein Machtwort. »Los, komm jetzt. Als Erstes suchen wir uns eine Couch aus.«

Konstantin stöhnte. »Du bist gnadenlos.«

»Wenn du weiter so quengelst, gebe ich dich im Bällebad ab und erledige die Angelegenheit allein.«

»Bloß nicht. Am Schluss kaufst du alles in Rosarot, nur um mich zu ärgern.«

Wir marschierten in die Wohnzimmerabteilung und

nahmen die angebotenen Sofas unter die Lupe. Zum Glück hatten wir genaue Vorstellungen davon, wie unsere Couch sein sollte: groß, bequem und cremeweiß. Schon bald wurden wir fündig.

Ich trieb Konstantin weiter in die Abteilung für Schlafzimmer. Es war wenig los und wir hatten das Möbelhaus fast für uns allein. Kein Wunder, jeder halbwegs zurechnungsfähige Mensch, der nicht arbeiten musste, verbrachte diesen Tag am Strand oder unter einem Sonnenschirm im Café. Für uns war es gut, so konnten wir uns in Ruhe umsehen und mussten keine Rücksicht auf andere Kunden nehmen.

»Was würdest du tun, wenn du über Nacht hier eingesperrt wärst?«, fragte Konstantin. Er ließ sich auf ein Bett fallen und sprang sofort wieder auf, weil es anscheinend so unbequem war.

»Den Wachdienst rufen. Ich hasse Möbelhäuser«, sagte ich, ohne zu überlegen.

»Ich auch«, gab Konstantin zu. »Was hältst du davon, wenn wir die Aktion hier abblasen, alles online bestellen und uns einen schönen Nachmittag machen?«

»Vergiss es. Wir ziehen das jetzt durch. Ich habe mir extra freigenommen und will nicht die nächsten Monate wie in einer Rumpelkammer leben. Und genau das wird passieren, weil du nur an deinen Roman denkst.« Ich bohrte meinen Finger in Konstantins Brust.

Er nahm meine Hand und zog mich weiter zu einem Polsterbett. Mit einem Schubs katapultierte er mich hinein und legte sich neben mich.

»Alter Lustmolch«, schimpfte ich.

Konstantin schlang seine Arme um mich. »Gar nicht so schlecht, was meinst du?«

»Auf jeden Fall besser als die Luftmatratzen.« Ich befreite mich aus der Umarmung, drehte mich auf den Rücken und starrte an die Decke. »Viel besser.«

»Finde ich auch.« Konstantin lag nun ebenfalls auf dem Rücken und griff nach meiner Hand. »Ich weiß, dass es mit mir nicht immer leicht ist. Aber glaub mir, ich will auch, dass wir es schön haben. Nur bin ich mittlerweile so knapp davor, Sarah Grünspan zu finden, dass ich wirklich wenig Sinn für Einrichtungsgegenstände habe. Das gebe ich zu. Aber heute reiße ich mich zusammen, das verspreche ich dir.« Konstantin drehte sich zu mir und küsste mich.

Sofort verpufften die Gereiztheit und der Ärger. Ich liebte diesen Mann. Und ich konnte ihm nie lange böse sein.

»Ah, wie ich sehe, entfaltet unser Premiumboxspringbett ›Wolke 7‹ bereits seine Wirkung«, ertönte plötzlich die Stimme eines Verkäufers. »Ich kann Sie nur beglückwünschen. Eine gute Wahl. Eine sehr gute Wahl. Unser bestes Pferd im Stall.« Der Mann setzte sich auf die Bettkante und holte eine Fernbedienung aus dem Bettkasten. »Neben einer orthopädischen Taschenfederkernmatratze mit Schulterabsenkung und Lordosenunterstützung verfügt das Bett wahlweise auch über einen elektrisch verstellbaren Kopf- und Fußbereich. Natürlich individuell regelbar für jede Bettseite. Genauso wie der Härtegrad der Matratze, übrigens.« Der Verkäufer ließ meinen Oberkörper und meine Beine nach oben fahren, sodass ich schließlich wie ein Klappmesser dalag.

»Beeindruckend«, sagte ich. »Aber ich glaube, vorher war es bequemer.«

Der Verkäufer ignorierte meine Bemerkung und nestelte an den Leselampen am Kopfteil herum. »Sehen Sie nur diese wunderbare Beleuchtung. Dreh- und dimmbar, natürlich energiesparend. Nicht zu verachten auch die Qualität der Polsterstoffe. Hier sehen Sie die Ausführung ›Toskana‹, strapazierfähiges Edelleinen mit einer Beimischung …«

»Ist das Bett sofort verfügbar?«, unterbrach Konstantin den Redeschwall des Verkäufers.

Dieser neigte den Kopf. »Wie heißt es so schön? Gut Ding will Weile haben. Zwölf Wochen müssen Sie sich gedulden, dafür bekommen Sie auch einen Sommertraumrabatt von zehn Prozent. Und …«

»Wir nehmen das Ausstellungsstück«, sagte Konstantin.

Der Verkäufer lachte etwas verhalten. »Tut mir leid, aber das ist nicht zu verkaufen.«

»Wir schlafen derzeit auf Luftmatratzen. Wollen Sie ernsthaft sagen, dass wir das noch drei Monate lang aushalten müssen? Wir sind extra hierhergekommen, um ein Bett zu kaufen.«

»Oh, wir haben viele Betten als Mitnahmemöbel auf Lager. Da drüben, das Modell Olymp zum Beispiel, ist vorrätig und sofort verfügbar.«

»Kein Wunder«, sagte Konstantin. »Es ist total unbequem.«

Der Verkäufer räusperte sich. »Zugegeben, die Qualität ist nicht mit der von ›Wolke 7‹ zu vergleichen, aber dafür …«

»Die Liste, Nele«, fiel Konstantin dem Verkäufer ins Wort. »Zeig ihm die Liste.«

»Welche Liste?«, fragte ich verwirrt.

»Na, deine Einkaufsliste für heute. Komm schon, raus damit.«

Ich zog den eng beschriebenen Zettel aus meiner Tasche. Konstantin riss ihn mir aus der Hand, faltete ihn auseinander und hielt ihn dem Verkäufer vor die Nase.

»Sehen Sie das? All diese Möbel wollen wir heute kaufen. In Ihrem wunderschönen, wenn auch leider eiskalten Möbelhaus. Wenn Sie sich das mit dem Bett überlegen. Ansonsten soll es noch eine sehr gute Adresse zwei Straßen weiter geben …«

Der Verkäufer schnaufte theatralisch. Dann nahm er das Telefon von seinem Gürtel und trat ein paar Schritte beiseite.

»Der Verkaufsleiter ist unterwegs«, teilte er uns wenig später mit.

Konstantin grinste wie ein Honigkuchenpferd. Kopfschüttelnd stieg ich aus dem Bett. Er war wirklich ein widersprüchlicher Mensch. Einerseits eine empfindsame Künstlerseele, manchmal weltfremd und besessen vom Schreiben, jemand, der mit Worten auf Papier zaubern konnte. Trotzdem hatte er andererseits, auch wenn er das immer abstritt, die Geschäftstüchtigkeit seines Vaters Gerold Peschke geerbt, der es mit seinen Brotbuden zu einem Millionenvermögen gebracht hatte. Genau wie Gerold konnte Konstantin zupacken und blitzschnell Entscheidungen treffen.

Ein großgewachsener, schlanker Mann kam zu uns.

»Holger Schmittke, Verkaufsleiter«, stellte er sich vor.

»Bitte entschuldigen Sie die eisigen Temperaturen in unserem Haus. Das Problem wurde gerade behoben und sollte sich in wenigen Minuten spürbar verbessern.«

»Wir würden gerne dieses Bett kaufen«, sagte Konstantin und sprang auf.

»Das geht leider nicht«, sagte der Verkaufsleiter mit einem bedauernden Gesichtsausdruck. »Sie haben sicherlich Verständnis, dass …«

»Nein, haben wir nicht.« Konstantin schenkte dem Mann sein gewinnendstes Lächeln. »Ich habe es Ihrem netten Kollegen schon erklärt. Sie können heute sehr viel Umsatz machen – oder gar keinen.« Er ließ seinen Blick demonstrativ durch das leere Möbelhaus gleiten.

Der Verkaufsleiter schnaufte. »Normalerweise …«

»Was ist heutzutage schon normal«, sagte Konstantin schulterzuckend.

»Wissen Sie was?«, schwenkte der Verkaufsleiter plötzlich um. »Nehmen Sie das Ding mit.«

»Wirklich?«, fragte ich überrascht. Mit diesem plötzlichen Sinneswandel hätte ich nicht gerechnet.

»Ja. Nicht, dass Herr Farnhoff noch einen Roman über unser Möbelhaus schreibt.« Der Verkaufsleiter grinste. »Ich dachte mir gleich, dass ich Sie irgendwoher kenne. Hab Sie erst vor Kurzem im Fernsehen gesehen. Freue mich schon auf den Film. Bücher sind nicht so mein Ding.« Er wandte sich ab und instruierte den Verkäufer über das weitere Vorgehen.

»Das nennt man dann wohl Promibonus«, sagte ich, als wir durch die restlichen Abteilungen des Möbelhauses streiften.

»Oder pure Angst«, erwiderte Konstantin lachend.

»Manchmal glaube ich wirklich, die Leute haben vor Autoren mehr Scheu als vor Polizisten und Staatsanwälten.«

Scherzend setzten wir unseren Einkauf fort. Schließlich hatten wir alles Nötige beisammen, gingen zur Kasse und bezahlten.

Ein paar Männer aus dem Lager halfen uns beim Einladen. Zufrieden machten wir uns auf den Rückweg nach Timmeritz. Konstantin schien erleichtert, dass er sich schon bald wieder in die Arbeit stürzen konnte. Und ich war froh, dass unser kleines Häuschen mehr und mehr zu einem Zuhause werden würde.

2

»Er hat sie gefunden!«, sagte Konstantin. »Er hat sie wirklich gefunden!«

»Mhm? Wovon sprichst du?« Es war vier Uhr nachmittags und ich lag in unserem wunderbaren neuen Bett.

Nachdem wir gestern bis in die Nacht Möbel aufgebaut hatten und ich heute in aller Früh zur Inselbackstube aufgebrochen war, hatte mein Körper nach ein wenig Erholung geschrien. Anscheinend war sie mir nicht vergönnt.

Konstantin riss die Vorhänge auf und ich rieb mir den Schlaf aus den Augen.

»Sarah Grünspan wohnt in einem Pflegeheim in der Schweiz. Sie lebt! Ich kann sie besuchen.«

Ach, darum ging es. Worum auch sonst. Seufzend rappelte ich mich hoch und streckte mich ausgiebig, um die Müdigkeit zu vertreiben.

Seit ich voriges Jahr Ende Oktober zurück nach Timmeritz gekommen war, war Ruhe ein Fremdwort. Erst galt es, die Inselbackstube zu retten und die Geister der Vergangenheit für immer zu verbannen. Dann brauchte mein Bruder Torben Unterstützung, als ihm seine Ex-Frau Sabine offenbarte, dass sie einen neuen Freund hatte. Und schließlich verlor Claudine unter leidvollen Umständen ihre Mutter Anni und lebte seitdem mit ihren Alpakas bei uns auf Timmeritz.

Zu guter Letzt reichten die ganzen Tragödien nicht aus, sondern ich erhielt auch noch einen bitterbösen Brief, in dem Konstantin als Lügner und Betrüger abgestempelt wurde. Natürlich gingen wir der Sache auf den Grund und stießen auf Trude Ehlert und ihre tragische Familiengeschichte, von der niemand auch nur den Hauch einer Ahnung gehabt hatte.

Trudes Mutter Gunilla hatte während des Zweiten Weltkriegs zwei Jahre lang ein jüdisches Mädchen namens Sarah Grünspan auf dem Dachboden des Hauses versteckt. Unter dieser Last zerbrach die Beziehung von Mutter und Tochter für immer. Konstantin sah darin den Stoff für einen großen Roman und überraschenderweise willigte Trude darin ein, mit Konstantin zusammenzuarbeiten und ihre Geschichte im Detail zu erzählen.

Dazu kam, dass Trude jahrzehntelang Briefe von Sarah Grünspan erhalten, aber keinen einzigen davon gelesen hatte. Allerdings hatte sie alle Schriftstücke aufbewahrt und sofort bereitwillig an Konstantin übergeben. Ein wahrer historischer Schatz.

Anfangs erzählte Sarah in den Briefen ausführlich aus ihrem Leben, dass es sie nach Amerika zu der einzigen überlebenden Tante verschlagen hatte, berichtete, wie es ihr ging und was sie erlebte. Doch als Trude nie auch nur ein Lebenszeichen von sich gab, wurden die Briefe kürzer und kürzer. Am Schluss handelte es sich lediglich um Postkarten zum Geburtstag und zu Weihnachten, ohne Absender, aber mit Poststempel aus der Schweiz. Und genau dort schien Sarah sich immer noch zu befinden. In einem Pflegeheim, zwar mit angeschlagener Gesundheit, aber bei vollem Verstand.

Konstantin setzte sich zu mir aufs Bett und wollte zu erzählen beginnen.

»Was hältst du davon, wenn ich kurz im Bad verschwinde, mein Gesicht kalt abwasche und du uns unterdessen eine Tasse Kaffee zauberst?«, sagte ich.

»Okay. Entschuldige, dass ich dich aufgeweckt habe, aber die Neuigkeiten sind wirklich bahnbrechend. Das ändert alles.« Konstantin drückte mir einen Kuss auf den Mund. Er wollte schon aus dem Zimmer eilen, aber ich hielt ihn fest.

»Hey, hiergeblieben. Ich freue mich für dich. Ich freue mich wirklich.« Ich sah ihm tief in die Augen. Wir küssten uns noch mal, zärtlicher, inniger.

Dann lief Konstantin hinab in die Küche und ich machte mich frisch. Der herrliche Kaffeeduft, der ins Badezimmer zog, weckte meine Lebensgeister. Hastig zog ich mich an und ging ins Wohnzimmer, wo bereits ein Tablett mit Kaffee und Keksen aus der Inselbackstube auf mich warteten. Ich kuschelte mich in eine Ecke unserer neuen Couch, zog die Knie an und blies in den heißen Kaffee, während ich Konstantins Bericht lauschte.

»Sarah Grünspan lebt in einer Luxusseniorenresidenz in Zürich. Sie heißt jetzt Jones mit Nachnamen, hat 1980 in Amerika geheiratet. Zu dieser Zeit schrieb sie bereits nur noch Postkarten an Trude, deswegen wussten wir nichts von der Hochzeit. Sie hat ja immer nur mit ihrem Vornamen unterschrieben und das Ereignis kein einziges Mal erwähnt. Ihr Mann, Richard Jones, ist 2001 gestorben. In diesem Jahr zog Sarah dann in die Schweiz, das wussten wir ja anhand der Poststempel. Anscheinend hat sich vor drei Jahren ihr Gesundheitszustand verschlechtert und sie ist 2018 in diese Residenz nach Zürich gezogen. Dort hat der Privatdetektiv mit ihr gesprochen. Und stell dir vor: Sie hat eingewilligt, sich mit mir zu treffen.«

»Du fährst in die Schweiz?«, fragte ich.

Mein Blick wanderte durch das halb fertige Wohnzimmer. Wir hatten gestern viel geschafft, was auch an den helfenden Händen von Torben, Claudine, Phipps und Fiete lag. Alle gekauften Möbel standen an ihrem Platz, die Kartons und Verpackungsmaterialien warteten im Schuppen auf ihren Transport zum Recyclinghof und Frödes Kleinlaster war wieder an seinem Einsatzort im Supermarkt. Trotzdem war unser Häuschen noch weit davon entfernt, ein richtiges Zuhause zu sein. Es hingen keine Bilder an der Wand, die Schränke mussten eingeräumt, Dekoartikel verteilt, Sachen ausgebessert werden.

»Ich weiß, dass wir gerade umgezogen sind und noch einiges an Arbeit auf uns wartet«, sagte Konstantin. »Aber Sarah ist siebenundachtzig Jahre alt und gesundheitlich angeschlagen. Wenn ich sie treffen will, sollte ich mich lieber heute als morgen auf den Weg machen.«

»Wie lange willst du bleiben?«, fragte ich.

»Ein, zwei Tage vielleicht. Mal sehen, wie fit Sarah ist und wie ausführlich sie mit mir sprechen möchte. Natürlich würde ich am liebsten die ganze Geschichte aus ihrem Mund hören, aber möglicherweise will sie mir auch nur persönlich sagen, dass ich sie in Ruhe lassen soll.«

»Und was machst du dann?«

»Na, dann lasse ich meinen Charme spielen. Und wenn das nicht hilft, fessle ich sie ans Bett und halte ihr eine Pistole an die Schläfe.«

»Spinner.« Ich stupste Konstantin mit dem Fuß an und trank einen Schluck Kaffee. »Aber mal ehrlich, was tust du, wenn Sarah nicht will, dass du diesen Roman schreibst?«

»Dann verändere ich die Fakten so weit, dass er als reine Fiktion durchgeht. Ich will nicht, dass sie sich durch meine Arbeit angegriffen oder verletzt fühlt.«

»Aber erzählen würdest du die Geschichte trotzdem?«

»Auf jeden Fall. Ich habe mich schon so weit darin verstrickt, da komme ich jetzt nicht mehr raus.«

Ich strich mir eine Strähne hinters Ohr und betrachtete Konstantin. Die hohe Stirn, auf der sich oft tiefe Furchen bildeten, wenn er nachdachte. Das volle dunkle Haar. Die grauen Augen, die immer hinter die Fassade blickten. Konstantins interessanter, manchmal schwieriger Charakter spiegelte sich in seinem Äußeren. Wie so oft dachte ich, dass er keinen leichten Beruf hatte.

Autor zu sein bedeutete, zeitweise einen Teil seines Lebens aufzugeben, sich voll und ganz der Geschichte anderer Menschen zu verschreiben, in ihre Welt einzutauchen und den eigenen Alltag zu vergessen.

Da hatte ich es als Bäckerin schon leichter. Ich ging in die Backstube und verrichtete meine Arbeit. Dabei konnte ich herrlich meinen Gedanken nachhängen, mit Torben, Phipps und Claudine scherzen oder mich einfach nur am Formen von Quarkbällchen oder dem Verzieren von Torten erfreuen. Und in meiner Freizeit konnte ich tun und lassen, was ich gerne wollte.

Konstantin konnte das nicht. Wenn er an einem Roman arbeitete, war er nie ganz in der Realität, sondern stand immer mit einem Fuß in der Geschichte und wirkte oftmals ein bisschen entrückt. Manchmal musste ich Fragen zweimal stellen, bis er reagierte. Er konnte schlecht abschalten und arbeitete bis tief in die Nacht. Er redete von seinen Protagonisten, als wären sie echte Menschen. Was sie im Falle von Trude Ehlert und Sarah Jones auch waren.

Ich hatte Verständnis, dass er in die Schweiz fahren wollte. Außerdem war ich die letzten zehn Jahre auch allein zurechtgekommen, da würde mich jetzt so ein kleiner Umzug ins eigene Haus ganz bestimmt nicht aus dem Konzept bringen.

»Es ist vollkommen in Ordnung, wenn du in die Schweiz fährst«, sagte ich. »Bleib, solange du willst. Ich weiß, wie wichtig dir dieser Roman ist.«

Konstantin nahm mir die Kaffeetasse aus der Hand und stellte sie auf den Couchtisch. Er schloss mich in die Arme.

»Und ich weiß, warum ich dich so liebe. Weil du mich so sein lässt, wie ich bin. Du versuchst nicht, mich zu ändern, damit ich in deine Welt passe.«

»Es gibt jetzt nicht mehr meine und deine Welt«, sagte ich. »Sondern nur noch unsere gemeinsame.«

»Du hast recht«, sagte Konstantin. »Und soll ich dir etwas verraten? Ich finde es wunderbar.«

3

Ein herrlicher Sommertag brach an. Noch war die Luft kühl, aber wie die Tage zuvor würde das Thermometer auch heute die 25-Grad-Marke knacken. Beschwingt radelte ich den schmalen Weg neben den Dünen entlang. Der Schrei einer Möwe drang durch den dunstigen Morgen, neben mir raschelte der Strandhafer im sanften Wind. Ich bog auf die einspurige Landstraße ein, die nach Wedemund zur Inselbackstube führte. Die Leute schliefen noch, bis auf die Geräusche der Natur war es herrlich still. Das würde sich in wenigen Stunden ändern. Dann strömten die Touristen an die Strände oder zockelten in großen und kleinen Gruppen mit ihren Fahrrädern über die Insel. Kinderlachen und -kreischen mischte sich mit Stimmengewirr, die Hufe von Max und Moritz trappelten über den Asphalt, ab und an ertönte der dumpfe Laut einer Schiffshupe.

Ich liebte Timmeritz im Sommer. Das Leben war so leicht und unbeschwert wie nirgendwo anders auf der Welt. Und obwohl die Zahl der Touristen seit meiner

Kindheit ganz schön gewachsen war, waren der Umgangston und die Atmosphäre auf der Insel noch immer familiär.

Als ich am Haus von Trude Ehlert vorbei radelte, sah ich, dass sich die Vorhänge bewegten. Normalerweise hätte ich die Augen verdreht und gedacht: Kann die alte Wachtel wieder nicht schlafen! Aber seit ich ihre Geschichte kannte, begegnete ich ihren Spleens und sonderbaren Angewohnheiten mit Nachsicht. Lächelnd winkte ich ihr zu. Erfreut nahm ich zur Kenntnis, dass Trude zurücklächelte. Noch vor wenigen Wochen wäre das undenkbar gewesen.

Gut gelaunt erreichte ich die Inselbackstube. Das Geschäft lief hervorragend und wir waren froh, dass Claudine sich vorerst zum Bleiben entschieden hatte. Nach dem plötzlichen Tod ihrer Mutter Anni hatte Konstantin sie nach Timmeritz gebracht, damit sie sich von dem Schock erholen konnte. Doch Claudine hatte sich bereits am Tag nach ihrer Ankunft in die Arbeit gestürzt und sich innerhalb kürzester Zeit unentbehrlich gemacht. Sie half als Mädchen für alles in der Backstube mit und unterstützte uns mit den Brotbuden. Nachmittags hingegen bot sie Alpaka-Wanderungen mit Frida, Henri und Pablo an, die sowohl von den Einheimischen als auch von den Touristen mit Begeisterung gebucht wurden.

Ich wartete ja noch immer darauf, dass Torben und Claudine verkündeten, dass sie ein Paar waren, aber wahrscheinlich war ich mal wieder zu ungeduldig. Beide hatten viel durchgemacht und mussten ihr Leben erst neu ordnen. Aber das es zwischen ihnen knisterte wie unter einer Hochspannungsleitung, das bildete ich mir nicht ein.

»Guten Morgen«, begrüßte ich Phipps, Torben und Claudine. Sie werkelten bereits mit roten Wangen in der Backstube vor sich hin.

»Guten Morgen«, antworteten sie im Chor.

»Was steht an?«, fragte ich meinen Bruder. Er war der unangefochtene Chef der Backstube, der die Aufgaben verteilte.

»Laugengebäck«, sagte er. »Und danach die glutenfreien Sachen. Hab dir den Zettel mit den Vorbestellungen bereitgelegt. Und wir haben auch noch eine Bestellung für Minimarmorkuchen. Sollen für einen Geburtstag heute Nachmittag sein. Vielleicht hast du mit Claudine Lust, dich darum zu kümmern?«

»Klar«, sagte ich.

Ich arbeitete gerne mit Claudine. Wir waren auf einer Wellenlänge, konnten uns über Gott und die Welt unterhalten und gemeinsam lachen. Mit ihr zusammen verging die Arbeit immer wie im Flug.

Aber erst einmal galt es, bis zur Ladenöffnung das Grundsortiment herzustellen. Die großen Sauerteigbrote lagen bereits zum Auskühlen auf den Rosten, verschiedene Brötchen befanden sich im Ofen.

Ich machte mich daran, den Hefeteig für das Laugengebäck zuzubereiten. Bei uns gab es Laugenstangen, Brezeln und Kastanien. Letzteres war ein rundes Laugengebäck mit einem Schnitt in der Mitte, das nach dem Backen aussah wie eine offene Kastanie. Ich gab die Zutaten für den Teig in die Knetmaschine und ließ sie die Arbeit machen. Eine große Erleichterung, denn nach

Laugengebäck bestand eine riesige Nachfrage und es hätte ewig gedauert, wenn ich den Teig per Hand hätte kneten müssen.

Viele Bäckereien hatten mittlerweile auch Maschinen, um die Brezeln zu schlingen, doch bei uns wurde das noch per Hand gemacht. Ich mochte die Tätigkeit, die ich im Schlaf beherrschte. Dabei konnte ich herrlich abschalten und meinen Gedanken freien Lauf lassen.

Ich dachte an unser neues Zuhause. Es wirkte nach dem Ausflug ins Möbelhaus schon viel wohnlicher. Natürlich musste noch einiges getan werden, und die meiste Arbeit blieb an mir hängen, jetzt, wo Konstantin in die Schweiz fuhr. Aber das störte mich nicht. Dekorieren und einräumen machten mir Spaß und die Arbeiten der Handwerker waren im Innenbereich zum Glück bereits abgeschlossen. An der Außenfassade und im Garten wollte Konstantin so viel wie möglich selbst erledigen, aber das hatte Zeit. Im Grunde waren es nur Schönheitsreparaturen, die anstanden. Auf ein paar Wochen hin oder her kam es dabei nicht an.

Nachdem ich die Brezen geschlungen hatte, stellte ich sie auf Stückgare in den Gärraum. Danach mussten sie noch absteifen, erst dann konnte ich sie in die Lauge tauchen, mit Salz bestreuen und backen. In der Zwischenzeit würde ich mich um die glutenfreien Brote und Brötchen kümmern.

Ich wusch mir ausgiebig die Hände und schlüpfte in einen durchsichtigen Einweg-Plastikkittel. Dann ging ich in einen separaten, kleinen Raum, den wir extra für die Herstellung des glutenfreien Gebäcks eingerichtet hatten. Mit all diesen Maßnahmen verhinderten wir eine Kontamination der Backwaren mit Gluten. Immerhin waren manchen Menschen so empfindlich auf das Eiweiß, dass Spuren davon ausreichten, um Krankheitssymptome hervorzurufen. Deswegen wurde die glutenfreie Ware bei uns separat gelagert, zubereitet und in einem extra dafür gekauften Ofen gebacken.

Unser Angebot sprach sich immer mehr herum. Die meisten Menschen mit Glutenunverträglichkeit waren darauf angewiesen, abgepacktes Brot im Supermarkt oder der Drogerie zu kaufen und sie freuten sich wie verrückt, wenn sie bei uns frische Ware bekamen. Auch über den Online-Shop wurden diese Produkte immer mehr angefragt. Nachdem ich mich intensiver mit dem glutenfreien Backen und der Besonderheit der Zutaten und Teige auseinandergesetzt hatte, ging es mir mittlerweile leicht von der Hand.

Die Liste der Vorbestellungen war lang. Den Teig aus frisch gemahlenen Buchweizen, Leinsamen, Sonnenblumenkernen und Quinoa für das kräftige Sauerteigbrot hatte ich bereits gestern Abend angesetzt. Rasch formte ich daraus Brötchen und Brote und schob sie in den Backofen. Nun war das glutenfreie Süßgebäck an der Reihe. Ich holte das eigens dafür hergestellte Mehl – eine Mischung aus Reis, Hirse, Buchweizen und Mandeln – und stellte einen Grundteig her, der als Basis für die Gebäckstücke dienen würde.

Summend arbeitete ich vor mich hin. Das Leben war schön.

Das Geschäft in der Inselbackstube lief gut und auch die Umsätze von Gerolds Brotbuden konnten sich sehen lassen. Die Ferienwohnung war fast durchgehend gebucht und Claudine brachte mit ihren Alpakas frischen Wind auf die Insel. Außerdem hatte Tilo, der neue Freund von Torbens Ex-Frau Sabine, Wort gehalten und sich tatsächlich einen Hund zugelegt.

Er hieß Balou und sah wie ein kleiner Teddybär aus. Zusammen mit Norah hatte Tilo das Wollknäuel aus dem Tierheim geholt und seitdem war meine zehnjährige Nichte ein ganz neuer Mensch. Balou war ihr Verbündeter, und die Trennung ihrer Eltern schien sie nicht mehr so zu belasten. Die Pfingstferien hatte sie bereits mit Balou auf Timmeritz verbracht und in den Sommerferien würde sie wieder kommen. Zusammen mit Sabine und Tilo, die die Ferienwohnung der Inselbackstube gemietet hatten. Ein bisschen mulmig war mir schon beim Gedanken daran, aber gleichzeitig freute ich mich, dass Sabine und Torben wirklich einen Weg suchten, um mit der neuen Situation zurechtzukommen.

Der Ofen piepste. Ich holte die Brötchen heraus und stellte sie zum Abkühlen auf den Regalwagen. Dann machte ich mich daran, den Teig für die süßen Gebäckstücke auszurollen. Nachdem auch die Brote fertig waren, schob ich mehrere Bleche mit glutenfreien Linzer Törtchen, Puddingschnecken, Pflaumenküchlein und Schokokeksen in den Ofen. Später, wenn alles abgekühlt war, würde ich die Vorbestellungen verpacken. Der Rest wanderte in die Auslage der Inselbackstube und würde dort seine Käufer finden.

Aber bis dahin galt es, das inzwischen abgesteifte Laugengebäck in die Lauge zu tauchen und ebenfalls in die Backöfen zu schieben.

Mittlerweile war mir schon ganz schön warm und

meine Wangen gerötet. Die Arbeit in der Backstube war anstrengend, aber ich mochte diese emsige Betriebsamkeit. Ruhiger wurde es erst, wenn die Inselbackstube ihre Türen für die Kunden öffnete, denn dann war der Großteil des Tagwerks für uns Bäcker bereits erledigt.

»Sag mal, hättest du nachher Zeit, dass wir uns unterhalten?«, sagte Claudine, als wir gemeinsam die Minimarmorkuchen für die Geburtstagsfeier zubereiteten. »Ich möchte gerne etwas mit dir besprechen.«

»Klar, jederzeit. Was hältst du davon, wenn wir gemeinsam die Brotbuden beliefern und uns dann mit einem Kaffee ein stilles Plätzchen am Strand suchen?«

»Perfekt«, sagte Claudine.

Wir füllten abwechselnd hellen und dunklen Teig in die Backförmchen. Mit dem Messer schnitt ich eine Rille in die oberste Teigschicht und streute Zucker hinein. Beim Backen würde der Zucker nach unten sinken und dadurch das schöne Muster des Kuchens erzeugen.

Erschöpft, aber zufrieden saßen wir einige Zeit später im VW-Bus, um die Brotbuden zu beliefern.

Ich liebte die morgendliche Fahrt über die Insel, obwohl man während der Touristensaison viel mehr aufpassen musste als sonst. Trotz der frühen Stunde waren schon einige Leute unterwegs zu den Stränden oder um in den kühlen Morgenstunden Wanderungen zu unternehmen, bevor sie sich in einem der zahlreichen kleinen Cafés oder Restaurants niederließen.

Nicht alle Verkehrsteilnehmer schienen um diese Zeit schon ausgeschlafen zu sein. Man musste stets darauf gefasst sein, dass ein Radfahrer gefährlich schwankte oder ein Auto eine Vollbremsung hinlegte, weil sich ganz plötzlich ein schönes Fotomotiv aufgetan hatte.

Die Schafe nahmen all das ungerührt zur Kenntnis. Gemächlich kauend standen sie auf den Wiesen neben der Straße, trotteten immer wieder ein paar Schritte und hoben ab und an den Kopf, wenn eine Kamera oder ein Handy aus direkter Nähe auf sie gerichtet war.

Wir erreichten die Brotbude in Teel. Ute erwartete uns bereits. Nachdem ihr angeknackster Arm, ein dummer Unfall beim Fensterputzen, verheilt war, hatte sie vor zwei Wochen endlich ihre Stelle antreten können. Und sie war ganz begeistert. Die Leute waren nett und der Umsatz gut. Sie trauerte ihrem alten Job in dem kleinen Bahnhofskiosk am Festland, den sie über zwanzig Jahre lang gemacht hatte, kein bisschen nach.

»Moin, die Damen«, begrüßte sie uns mit bester Laune. »Nur herein in die gute Stube.«

Gemeinsam trugen wir die Backwaren in die Brotbude. Noch bevor wir uns ans Einräumen machen konnten, standen die ersten Kunden vor der Tür. Zwei Wanderer mit großen Rucksäcken, die sich Proviant für ihre Tour kaufen wollten.

»Na, ihr seht ja aus, als wolltet ihr den Mount Everest bezwingen«, lachte Ute. »Ihr wisst schon, dass der höchste Berg hier gerade mal 163 Meter über dem Meeresspiegel liegt.«

»Dann haben wir unsere Steigeisen ganz umsonst eingepackt?«, fragte der jüngere der beiden Männer grinsend.

»Man weiß ja nie. Sicher ist sicher«, ging Ute auf

seinen Scherz ein und reichte ihnen die gewünschten Sandwiches und Schokocroissants.

Claudine und ich machten uns auf den Weg zur Brotbude in Malsund. Auch dort warteten die Kunden oft schon vor der Öffnung auf die Lieferung der Ware. So wie heute. Eine Familie mit ihren Kindern saß an einem der kleinen Bistrotische. Clara hatte ihnen bereits Getränke serviert, obwohl streng genommen noch gar nicht offen war. Aber Gastfreundschaft wurde auf Timmeritz großgeschrieben.

Als unser fröhlich hellblau-weiß gestreifter Bulli mit dem Logo der Inselbackstube auf der Bildfläche erschien, winkte uns die Familie begeistert zu.

Ein Lächeln huschte über mein Gesicht. Das war es, was mich an meinem Job so glücklich machte: Die Freude der Menschen, die unsere Produkte genauso liebten wie wir. Ihre gute Laune, weil sie gerade Urlaub an einem der schönsten Flecken der Welt machten. Und das unbezahlbare Gefühl, eine Familientradition am Leben zu halten, die viele Generationen zurückreichte, aber deren Magie bis in die Gegenwart andauerte.

4

»Ich glaube, Timmeritz hat mir das Leben gerettet.« Claudine sagte diesen Satz ganz unsentimental und mit ernstem Gesichtsausdruck.

Wir waren zum Leuchtturm an der Steilküste gewandert und hatten dann die Mühe auf uns genommen, die zweihundertsiebenundneunzig Stufen nach unten zum Strand hinabzusteigen. Nun saßen wir mit unseren Kaffeebechern auf einem Stück Treibholz und starrten auf die Wellen. In einiger Entfernung zog ein großer Dampfer vorbei, vor uns am Meer führte ein einsamer Spaziergänger seinen Hund aus.

»Ich weiß, was du meinst«, erwiderte ich. »Die Insel hat diese Kraft. Wenn man meint, es geht nicht mehr weiter und man kommt hierher, dann fügt sich plötzlich alles. So, als hätte das Schicksal es von langer Hand geplant.«

»Mhm, so fühlt es sich an«, bestätigte Claudine und nippte an ihrem Kaffee.

»Trotzdem wirkst du ein bisschen unglücklich.«

»Ja.« Claudine nickte, senkte dann aber den Blick und malte mit ihrer Fußspitze Muster in den Sand. Scheinbar war es ihr unangenehm, darüber zu sprechen.

»Hey, was ist los? Raus mit der Sprache.« Ich trank einen Schluck und schaute Claudine über den Rand meines Kaffeebechers herausfordernd an.

»Ihr habt so viel für mich getan. Und ich möchte auf keinen Fall, dass ihr mich für undankbar haltet«, presste Claudine hervor.

»Willst du zurück nach Schwarzenbek gehen? Das ist okay«, sagte ich. »Auch wenn wir alle sehr traurig wären.«

»Nein, ich möchte nicht zurück. Auf gar keinen Fall. Ich will hierbleiben.« Claudine sah mich verzweifelt an. »Unbedingt.«

»Aber wo ist dann das Problem?«, fragte ich lächelnd.

»Ich hätte so unglaublich gerne eine eigene Wohnung. Puh, jetzt ist es heraus.« Claudine raufte sich die dunklen Locken.

»Verstehe«, sagte ich. »Gibt es Stress mit Torben?«

»Nein, gar nicht«, erwiderte Claudine hastig. »Torben ist wunderbar. Wir mögen uns wirklich gerne. Aber ich …«

»Entschuldige, du musst dich nicht rechtfertigen. Es ist vollkommen verständlich, dass du gerne deine eigenen vier Wände hättest. Nur gibt es wenig, was auf Timmeritz schwieriger zu bekommen ist.«

»Das ist mir klar. Aber ich habe darüber nachgedacht und hätte da eine Idee«, sagte Claudine vorsichtig.

»Okay.« Ich sah sie erwartungsvoll an.

»Die Wohnung über der Backstube. Bitte halte mich nicht für pietätlos, ich weiß, wie wichtig euch Oma Edi war, und ich möchte das Andenken an sie keinesfalls zerstören. Ich würde die Möbel und die Einrichtung auch gerne so belassen. Lediglich ihre persönlichen Sachen müsste man …« Claudine sprach den Satz nicht zu Ende.

Ich schluckte. Bis heute hatte ich es nicht geschafft, in Omas Wohnung etwas zu verändern. Aber Claudine hatte vollkommen recht: Es wäre der perfekte Ort für sie zum Leben.

»Du musst das nicht sofort entscheiden«, sagte sie in mein Schweigen hinein. »Ich will dich auf keinen Fall bedrängen.«

»Das tust du nicht«, erwiderte ich. »Es ist doch schade, wenn die Wohnung leer steht. Sie ist zwar nicht allzu groß, aber total schön. Der Meerblick ist einmalig.«

»Das finde ich auch. Und die Einrichtung ist total gemütlich. Natürlich zahle ich Miete. Wie gesagt, Timmeritz hat mich gerettet. Ich würde gerne mein altes Leben hinter mir lassen und neu anfangen. Eine Festanstellung in der Inselbackstube, die Touren mit den Alpakas, all die wunderbaren Menschen – es wäre ein absoluter Traum.«

»Wir würden uns auch freuen, wenn du bleibst. Ehrlich gesagt wüsste ich gar nicht, wie wir die ganze Arbeit ohne dich schaffen sollen.«

Claudine und ich fielen uns erleichtert in die Arme.

»Manchmal denke ich, dass Konstantin ein Engel ist«, sagte Claudine schließlich und nippte an ihrem Kaffee. »Ich weiß nicht, wie ich ohne ihn diesen ganzen Wahnsinn der letzten Jahre durchgestanden hätte.«

»Ja, er ist ein toller Mann«, sagte ich gedankenverloren.

Auch mein Leben hatte sich von Grund auf verändert, seit ich Konstantin kennengelernt hatte. Ich dachte, ich würde niemals wieder einen Mann richtig lieben können. Bis ich ihn traf und alle Bedenken über Bord warf. Er schaffte es, dass ich mich meinen Ängsten stellte und die Zweifel der Vergangenheit hinter mir ließ. Zum ersten Mal seit zehn Jahren schaute ich voller Freude und Hoffnung in die Zukunft.

»Was macht eigentlich sein Roman?«, fragte Claudine. »Man bekommt ihn ja kaum noch zu Gesicht.«

»Der Privatdetektiv hat die Verfasserin der Briefe ausfindig gemacht. In einem Altenheim in der Schweiz.«

»Sarah Grünspan? Das jüdische Mädchen?«

»Sie heißt jetzt Jones mit Nachnamen. Konstantin will so schnell wie möglich zu ihr nach Zürich fahren.«

»Das kann ich mir vorstellen. Wahrscheinlich sitzt er morgen schon im Zug.«

»Ich bin froh, wenn er heute Abend noch zu Hause ist«, sagte ich lachend.

Claudine stimmte mit ein. »Ja, über seine Arbeit vergisst er manchmal alles um sich herum. Sei froh, dass du ihn noch ins Möbelhaus geschleppt hast, bevor der Privatdetektiv Sarah aufgespürt hat.«

»Da sagst du was! Schon allein bei der Vorstellung, dass ich noch wochenlang auf einer Luftmatratze hätte schlafen müssen, bekomme ich Rückenschmerzen.«

»Apropos Rückenschmerzen: Die Jungs schuften in der Backstube ganz allein vor sich hin. Wir sollten uns auf den Rückweg machen.«

»Hast recht.«

Wir tranken unseren Kaffee aus und gingen zurück

zum Bulli. Als wir die Inselbackstube erreichten, stand der Geländewagen vom Tierarzt im Hof.

»Oh je, es wird doch hoffentlich nichts mit Pablo sein«, sagte Claudine besorgt und sprang aus dem Auto.

»Kann ich mir nicht vorstellen. Als wir weggefahren sind, war er noch putzmunter. Vielleicht hat sich Dr. Bach nur ein Frühstück geholt und schaut kurz nach dem Rechten«, versuchte ich, Claudine zu beruhigen.

Wir stiefelten zur Scheune hinterm Haus. Dr. Bach stand in Begleitung eines jungen Mannes am Zaun der Alpakaweide und aß ein Sandwich.

»Geht es Pablo gut?«, fragte Claudine.

Der Tierarzt drehte sich um. Das karierte Hemd über seinem stattlichen Bauch spannte. Die grüne Cordweste, die er bei jedem Wetter trug, war wie immer voller Flecken. Im dichten, grauen Vollbart hingen ein paar Brösel. Aber das strahlende Lächeln in seinem Gesicht machte das etwas schmuddlige Erscheinungsbild zur Nebensache. Dr. Bach strahlte so viel Wärme aus und verstand es stets, Hoffnung zu vermitteln. Er war ein großartiger Veterinär, aber bereits über siebzig Jahre alt. Schon oft hatte er vom Aufhören geredet, aber mangels eines Nachfolgers für seine Praxis doch immer tapfer die Stellung gehalten.

»Guten Morgen, meine Damen. Pablo geht es großartig. Ich bin nur hier, um eins von euren fantastischen Sandwiches zu essen. Ach ja, und um die Patienten mit meinem Nachfolger bekannt zu machen. Darf ich vorstellen? Dr. Lukas Wendt.«

Der junge Mann an seiner Seite nickte uns zu, packte schnell das Sandwich von der rechten in die linke Hand und begrüßte uns schließlich mit einem kräftigen Händedruck.

»Einfach nur Lukas, bitte. Ich mache mir nichts aus Titeln und Förmlichkeiten.«

»Oh, da wirst du auf Timmeritz kein Glück haben. Egal, wie lange du hier bist, du wirst immer der Herr Doktor bleiben, da sind die Bewohner eigen«, erwiderte ich lachend.

Lukas grinste. Er sah gut aus, auf eine raue Art und Weise. Die sonnengegerbte Haut und der muskulöse Körper verrieten, dass er viel Zeit an der frischen Luft verbrachte und zupacken konnte. Aber er schien kein Draufgänger zu sein, denn in seinen braunen Augen lag ein sanfter, nachdenklicher Ausdruck. Er war mir auf Anhieb sympathisch.

»Behalt die Eigenheiten von uns Insulanern besser für dich«, sagte Dr. Bach. »Sonst haut er gleich wieder ab und ich kann das mit dem wohlverdienten Ruhestand vergessen.«

»Keine Sorge, so leicht lass ich mich nicht abschrecken«, sagte Lukas. »Ich habe mich schließlich ganz bewusst für Timmeritz entschieden.«

»Eine gute Entscheidung«, sagte Claudine. »Ich bin auch noch nicht lange hier, aber habe es keine Sekunde bereut.«

»Ach, du bist auch neu auf der Insel? Vielleicht könnten wir ja mal etwas trinken gehen?«, schlug Lukas vor.

»Ja, warum nicht?«, sagte Claudine schulterzuckend. »Ein Besuch im Lustigen Aal ist nie verkehrt.«

Wir verabschiedeten uns von den Männern.

»Ich glaube, du hast einen neuen Verehrer«, sagte ich grinsend.

»Unsinn. Hast du den Ausdruck in seinen Augen gesehen? Da war so etwas Trauriges, Schwermütiges.«

»Hm, für mich wirkte er eher interessiert.« Ich stupste ihr den Ellbogen in die Seite. »Du machst die Männer auf der Insel noch ganz verrückt.«

»Man merkt, dass du viel zu lange in einer Werbeagentur gearbeitet hast. Deine Fantasie geht mit dir durch.«

»Oh nein, meine Liebe. Ich glaube vielmehr, dass du eine Brille brauchst.«

Scherzend und kichernd betraten wir die Backstube.

»Ihr habt ja ganz rote Wangen«, sagte Phipps. »Was gibt es da draußen zu lachen?«

»Ach, nichts«, winkte Claudine ab. »Mädelskram.«

»Sie hat einen Verehrer«, raunte ich.

Allerdings nicht leise genug. Bei dem Wort »Verehrer« horchte Torben auf, ja, er schreckte regelrecht hoch und schaute grimmig in unsere Richtung.

Tja, dachte ich. Selbst schuld. Vielleicht belebte Konkurrenz das Geschäft und mein Bruder kam endlich mal in die Puschen. Er hatte Sabine nun wirklich lange genug nachgetrauert.

5

»Was ist denn hier los?«, fragte ich verblüfft.

Ich hatte gerade die Haustür hinter mir geschlossen, und schon drang entspannte Jazzmusik an mein Ohr und der verführerische Duft von Risotto und Grillgemüse wehte um meine Nase.

Konstantin schloss mich in die Arme.

»Ich dachte mir, ich verwöhne meine Traumfrau ein wenig«, schnurrte er in mein Ohr. Seine Lippen wanderten meinen Hals entlang.

Das roch nicht nur nach Risotto. Das roch nach schlechtem Gewissen.

»Lass mich raten: Du fährst bereits morgen?«

Konstantin seufzte. »Bist du böse?«

»Nein.« Ich schüttelte lachend den Kopf. »Ehrlich gesagt habe ich damit gerechnet, einen Zettel in der Küche vorzufinden, dass du bereits auf dem Weg in die Schweiz bist.«

»Was denkst du nur von mir? Ich würde mich niemals ohne Verabschiedung aus dem Staub machen.«

Konstantin küsste mich leidenschaftlich. »Und jetzt komm. Das Essen wird kalt.«

Konstantin hatte den Tisch draußen gedeckt. Es war ein herrlicher Sommerabend. Die Luft war lau, die Vögel zwitscherten, und das Rauschen der Wellen drang leise bis zu unserer Terrasse empor. Noch immer konnte ich nicht so recht glauben, dass dieses wunderbare Häuschen auf der kleinen Anhöhe mitten in den Dünen uns gehörte. Der Ausblick war einfach fantastisch. Ich konnte mich nicht sattsehen am Meer, das mal wild, mal gelassen an den Strand rollte. Dazu die Weite des Horizonts, die Wolkenformationen, die Möwen, die Schiffe. Es war, als würde man auf ein sich stetig änderndes Postkartenmotiv blicken.

Der Korken der Sektflasche ploppte. Konstantin schenkte ein und reichte mir ein Glas.

»Zum Wohl«, sagte er. »Auf unser neues Leben.«

»Das du sofort wieder verlassen wirst«, erwiderte ich mit Schmollmund.

»Ich bin mir sicher, dass dir meine Abwesenheit gar nicht auffallen wird. Du bist nämlich auch immer ganz schön beschäftigt, wenn ich dich daran erinnern darf.« Er zwinkerte mir zu.

Klar, es gab immer viel zu tun. Inselbackstube, Brotbuden, Online-Shop und Ferienwohnung forderten ihre Zeit. Aber seit wir zu viert in der Backstube werkelten, war alles besser.

»Seit Claudine hier ist, hat sich die Lage entspannt«, sagte ich. »Sie will übrigens bleiben.«

»Für immer?«

»Erst mal schon.« Ich lächelte.

»Das sind tolle Neuigkeiten.« Konstantin stieß sein Glas sachte gegen meins. »Wenn ich wieder hier bin, feiern wir eine große Party, was hältst du davon?«

»Klingt gut. Aber du kochst. Und räumst auf. Und wäschst ab.«

»Es wird mir eine Ehre sein.« Konstantin stand auf, drückte mir einen Kuss auf die Wange und ging ins Haus.

Wenige Minuten später kam er mit zwei tiefen Pastatellern wieder, gefüllt mit köstlich duftendem Risotto und gegrilltem Gemüse. Die ersten Bissen aßen wir schweigend. Ich genoss den cremigen Schmelz des Risottos, die Safrannote, den salzig-pikanten Geschmack des Parmesans. Ein Gedicht!

»Wenn Claudine hierbleibt, wo will sie dann wohnen?«, fragte Konstantin. »Weiterhin in Torbens Gästezimmer?«

»Nein.« Ich schüttelte den Kopf und griff nach meinem Sektglas. »Claudine wird in die Wohnung über der Backstube ziehen.«

»Und das ist okay für dich?«

»Ja.« Ich hing einen Moment meinen Gedanken nach, die zurückwanderten in meine frühen Zwanziger, bevor ich Timmeritz verlassen hatte. Die lustigen Stunden in Oma Edis Küche, wenn wir gemeinsam Tee getrunken und Karten gespielt hatten. Die Filmabende auf ihrer riesigen Couch. Ihr strahlendes Gesicht, wenn sie bei offenem Fenster aufs Meer schaute. »Ja, es ist okay für mich«, sagte ich schließlich. »Sogar mehr als das. Ich bin froh, wenn wieder Leben in die vier Wände einkehrt.

Oma hätte das auch so gewollt. Sie hasste Stillstand und Leere.«

»Und was sagt Torben dazu? Ich könnte mir vorstellen, dass er Claudine gerne noch bei sich im Haus gehabt hätte.« Konstantin grinste.

Auch ihm war nicht entgangen, dass mein Bruder ein Auge auf Claudine geworfen hatte.

»Der weiß noch gar nichts davon. Aber du hättest seinen Blick sehen sollen, als er hörte, dass Claudine einen Verehrer auf der Insel hat.«

»Einen Verehrer?«, fragte Konstantin. »Jetzt bin ich aber neugierig.«

»Neugierig oder eifersüchtig?« Skeptisch kniff ich meine Augen zusammen.

»Ich dachte, mit diesem Thema wären wir durch?«, erwiderte Konstantin.

Vor ein paar Wochen hatte ich einen Brief erhalten, in dem Konstantin eine Affäre mit Claudine unterstellt worden war. Als Beweis lag ein eindeutiges Foto bei, das einen innigen Kuss der beiden zeigte.

»Sind wir auch«, sagte ich beschwichtigend. »Wollte dich nur ein wenig ärgern.«

»Und wer ist nun dieser Verehrer?«, fragte Konstantin.

»Lukas Wendt, der neue Tierarzt. Dr. Bach hat anscheinend endlich einen Nachfolger gefunden.«

»Und?«

»Was und?«

»Na, wie ist er so?«

Ich musste grinsen. Konstantin verhielt sich gegenüber Claudine ein bisschen so wie ein größerer Bruder. Er wollte sie beschützen, achtete darauf, dass es ihr gut ging.

»Attraktiv, auf eine herbe Art und Weise. Freundlich. Sehr positive Ausstrahlung. Ich würde ihn nicht von der Bettkante stoßen«, sagte ich mit einem anzüglichen Grinsen.

»Na toll, und das sagst du mir jetzt, wo ich schon fast im Zug nach Zürich sitze.« Konstantin stand auf und kam zu mir.

Sein Blick verriet mir, was er vorhatte. Mein Körper kribbelte.

»Ach ja?«, hauchte ich leise.

»Ich denke, da gibt es nur ein Gegenmittel. Ich werde dir eine Nacht bescheren, die du so schnell nicht vergessen wirst.«

6

Am nächsten Morgen klingelte der Wecker viel zu früh. Wir hatten kaum ein Auge zugetan und ich sehnte mich danach, mich an Konstantin zu kuscheln und noch ein paar Stunden zu schlafen.

Aber heute war er es, der wie elektrisiert aus dem Bett sprang. Normalerweise blieb Konstantin noch ein paar Stunden liegen, wenn ich in die Backstube fuhr, aber nun war er nicht zu bremsen. Er wollte unbedingt die erste Fähre aufs Festland nehmen.

»Ich werde mir einen Leihwagen mieten, anstatt mit dem Zug zu fahren«, verkündete er, während er wahllos Klamotten in seinen Koffer stopfte. »Die Fahrt dauert sonst endlos.«

»Du willst über tausend Kilometer am Stück fahren? Allein?«, fragte ich. »Das ist gefährlich.«

»Unsinn. Gefährlich war es, Sarah am Dachboden zu verstecken. Ich habe das Gefühl, dass ich mich beeilen muss. Die Frau ist siebenundachtzig Jahre alt. Stell dir vor, sie bekommt einen Herzinfarkt. Dann bleibt ihre Geschichte ungehört.«

»Wenn du einen Unfall hast, auch«, erwiderte ich.

Konstantin hielt in seinem rastlosen Treiben inne und setzte sich zu mir auf die Bettkante. Er griff nach meiner Hand.

»Du musst dir keine Sorgen machen. Das Gespräch mit Sarah ist mir wichtig. Aber noch wichtiger ist es mir, dich bald wieder in den Armen zu halten.«

Ich schmiegte mich an ihn. Wie sehr ich diesen Mann liebte! Trotzdem musste ich jetzt aus dem Bett. Ich konnte die anderen schließlich nicht allein schuften lassen. Ein letzter inniger Kuss, ein Sprung unter die Dusche und schon saß ich auf dem Rad und düste in die Inselbackstube.

Heute war die Liste der Vorbestellungen für glutenfreie Backwaren extrem lang, und so machten Claudine und ich uns gemeinsam ans Werk, um die gewünschten Brote, Brötchen und süßen Teilchen herzustellen.

»Du wirst nicht glauben, wer gestern Abend noch mal vorbeigekommen ist«, sagte Claudine.

Sie mischte gerade Reis- und Buchweizenmehl. Zusammen mit gemahlenen Leinsamen war das die Basis für unsere herzhaften Pizzaböden.

»Lukas?«, fragte ich mit hochgezogenen Augenbrauen.

Mich wunderte das kein bisschen, immerhin war mir der Blick nicht entgangen, mit dem der neue Tierarzt Claudine gemustert hatte.

»Volltreffer«, sagte sie.

»Du wirkst nicht gerade glücklich darüber«, sagte ich.

Claudine stellte die Schüssel mit der Mehlmischung beiseite und schaute mich verzweifelt an.

»Ich finde die Situation irgendwie blöd. Nichts gegen Lukas, er scheint wirklich nett zu sein.«

»Und attraktiv«, fiel ich Claudine lächelnd ins Wort.

»Ja, auch das. Aber die Sache ist die – ich mag Torben. Sehr sogar. Und ich habe das Gefühl, dass es ihm überhaupt nicht passt, wenn ich mich mit Lukas treffe.«

»Natürlich passt es ihm nicht. Mein lieber Bruder steht auf dich. Das sieht doch ein Blinder«, sagte ich lachend. »Aber ich finde es ganz gut, wenn er sieht, dass es noch Konkurrenz gibt. Dann überwindet er vielleicht endlich mal die Schockstarre, in der er sich befindet, seit sich Sabine vor fünf Jahren von ihm getrennt hat.«

»Das ist aber nicht meine Art, Nele. Ich will Torben nicht eifersüchtig machen. Im Moment bin ich doch selbst nicht bereit für eine Beziehung. Glaube ich jedenfalls.«

»Und jetzt?« Ich sah Claudine fragend an.

»Na ja, ich will Lukas auch keine Abfuhr erteilen. Er ist neu auf Timmeritz und kennt niemanden. Ich weiß noch, wie ich mich gefühlt habe und wie froh ich war, als ihr mich alle so nett in eurer Mitte aufgenommen habt.«

»Das war doch selbstverständlich«, winkte ich ab.

»Nein, das war es nicht. Ich frage mich nur, ob wir nicht für Lukas ebenfalls eine kleine Willkommensparty organisieren könnten. Dann müsste ich ihm nicht absagen und er würde gleich ein paar Leute kennenlernen.«

»Ja, warum nicht«, sagte ich. »Wir können das bei mir machen. Dann lade ich die Mädels ein. Günni kommt am Wochenende auch. Vielleicht haben Phipps und Fiete ebenfalls Lust, vorbeizuschauen. Und natürlich Torben. Das wird nett.«

»Du bist ein Schatz«, sagte Claudine.

»Heute Nachmittag räume ich die persönlichen Sachen aus Omas Wohnung. Dann kannst du dort einziehen, wenn du möchtest.«

»Du musst nichts überstürzen«, sagte Claudine. »Ich wollte dich nicht unter Druck setzen. Und ich will auf keinen Fall, dass Torben falsche Schlüsse aus dem Umzug zieht. Er soll bloß nicht denken, dass ich mich dem erstbesten Typen an den Hals schmeiße und dann auch noch aus seinem Haus ausziehe.«

»Du machst dir viel zu viele Gedanken. Rede doch einfach mit Torben und gut ist es. Oder weißt du was? Wir reden gemeinsam mit ihm. Und Phipps soll auch dabei sein. Ich will nicht, dass er denkt, dass wir dich bevorzugen. Immerhin habe ich ihm die Wohnung damals nicht angeboten.«

»Oh je, glaubst du, das ist ein Problem? Dann lassen wir das nämlich einfach. Das Letzte, was ich will, ist für Unfrieden zu sorgen.«

»Du sorgst nicht für Unfrieden. Phipps ist jetzt glücklich bei Fiete auf dem Hof. Ich will es nur ansprechen, damit die Sache geklärt ist, okay?«

»Okay«, sagte Claudine. »Danke.«

»Keine Ursache. Und jetzt los. Die Jungs fragen sich bestimmt schon, was wir so lange hier drin machen.«

7

Torben und Phipps hatten äußerst erfreut auf die Ankündigung reagiert, dass Claudine in die Wohnung über der Backstube ziehen wollte. Immerhin bedeutete das, dass sie auf Timmeritz bleiben und uns weiter in der Inselbackstube unterstützen würde.

Ich saß nun am Boden im Wohnzimmer von Oma Edis Wohnung, um mich herum einige große Kartons. Eigentlich wollte ich ihre persönlichen Sachen zusammenpacken, aber ich war an den Fotoalben hängen geblieben und blätterte sie mit einem Schmunzeln im Gesicht durch. Wir hatten eine schöne Kindheit gehabt, hier auf Timmeritz. Unbeschwert, voller Lachen, mit viel Natur. Torben grinste mir von einem Foto entgegen, auf dem er gerade die ersten Runden mit seinem dunkelblauen Rad drehte. Unser Vater Hanno lief nebenher und strahlte über das ganze Gesicht. Unsere Mutter Henny stand mit wehendem gelben Sommerkleid etwas abseits und wuschelte mir durchs Haar.

Eine Seite weiter begann eine Fotostrecke zu meinem

neunten Geburtstag. Ich konnte mich noch gut an das rote Kleid mit den weißen Punkten erinnern, das mir Edi zu diesem Anlass geschenkt hatte. Sofort nach dem Auspacken wollte ich es anziehen, so gut gefiel es mir. Wie ein glücklicher Fliegenpilz saß ich auf Rübezahl, dem kleinen Shetlandpony, das der Kutscher Heinz damals besessen und kurzerhand zu meiner Party mitgebracht hatte.

Lächelnd reiste ich durch die Vergangenheit, schmeckte noch einmal den süßen Geschmack der Geburtstagstorte und spürte meine klebrigen Finger, mit denen ich mich in Rübezahls Mähne gekrallt hatte, als er plötzlich lostrabte. Ich hörte Torbens Lachen, als ich ganz langsam den Hals des Ponys hinunterrutschte, weil es beschlossen hatte, das Fressen besser als Traben war.

Ein paar Tage später waren unsere Eltern tot. Ich klappte bei dieser schrecklichen Erinnerung das Fotoalbum zu, lehnte mich mit dem Rücken an die Couch und schloss die Augen.

Sie waren mit ihrem kleinen Folkeboot Segeln gegangen, abends, an einem schönen Sommertag. Das machten sie oft, als Ausgleich zur Arbeit, zum Runterkommen. Beide liebten das Meer, die Wellen, den Wind, das Gefühl von Freiheit mitten auf dem Wasser. Torben und ich blieben meistens daheim bei Oma und Opa, an den Wochenenden begleiteten wir unsere Eltern manchmal auch. Aber ich hatte immer den Eindruck, sie genossen diese Zeit zu zweit und ich war schon als Kind nicht besonders scharf aufs Segeln. Vielleicht eine Vorahnung? Eine instinktive Abwehr, weil ich die Gefahr spüren konnte?

Unsere Eltern hatten sie anscheinend nicht gespürt. Wie auch? Das Unwetter überraschte sie unverhofft und mit gnadenloser Stärke. Mama musste weggerutscht und mit dem Kopf auf das Holz des Rumpfes geschlagen sein. Sie erlitt einen Genickbruch und war sofort tot. Papa ging über Bord und ertrank. Er wurde erst einige Tage später gefunden.

Das Unglück lag lange zurück, siebenundzwanzig Jahre, genauer gesagt. Aber noch immer brannte der Schmerz in meinem Herzen, die riesige Leere, die entstanden war, konnte nie ganz gefüllt werden. Oma und Opa hatten sich alle Mühe gegeben, uns normal aufwachsen zu lassen. Und sie hatten ihre Sache verdammt gut gemacht. Trotzdem hinterließ der Tod unserer Eltern eine Wunde, deren Narbe wir noch heute fühlen konnten. Das hatte Torben und mich enger zusammengeschweißt, aber es hatte uns auch gezeigt, dass das Leben endlich war und Glück mitunter von kurzer Dauer und sehr zerbrechlich.

Ich dachte an Claudine. Sie war erheblich älter gewesen, als sie ihre Eltern verloren hatte, und trotzdem wog der Schmerz über den Verlust der geliebten Menschen bei ihr genauso schwer. Es gab einfach keinen richtigen Zeitpunkt für Schicksalsschläge. Man war nie alt genug, um die Eltern zu verlieren.

Ich rappelte mich vom Boden hoch und packte die Fotoalben in einen Karton. Meine Augen wanderten über das Bücherregal. In den unteren Fächern befanden sich Ordner mit persönlichen Dokumenten, die verstaute ich ebenfalls in einer Kiste. Mein Blick glitt zu Omas Tagebüchern. Ordentlich standen die in weißes Leinen gebundenen Bücher in einer Reihe, eins glich dem anderen, nur die gestickte Jahreszahl am Buchrücken verriet, um welchen Band es sich handelte. Oma hatte die Umschläge selbst genäht und bestickt. Ein ganz schön großer Aufwand, dafür, dass sie in den Büchern nie viel festgehalten, sondern diese eher stichpunktartig geführt hatte. Ich zog einen der Bände heraus und blätterte hinein.

17. September 2000
Marga getroffen. Spaziergang am Meer. Sehr schön.

18. September 2000
Wunderschöner Sonnenaufgang. Neues Zimtschneckenrezept ausprobiert. Fantastisch!

In diesem Stil ging es weiter. Ab und an gab es längere Einträge, in denen Oma Edi von Familienfeiern, Ausflügen oder besonderen Begebenheiten in der Inselbackstube berichtete. Irgendwann, wenn ich Zeit und Muse hatte, würde ich mich auf die Reise in die Vergangenheit machen und all ihre Erinnerungen lesen. Aber nicht jetzt. Jetzt musste ich zusehen, dass ich fertig wurde.

Ich schnappte mir zwei leere Kartons und ging damit ins Schlafzimmer. Der Kleiderschrank stand wie ein stummer, bedrohlicher Feind vor mir. Ich atmete tief durch und öffnete die Türen. Sofort drang der Duft nach Omas Parfüm an meine Nase. Ganz leicht, fast nur ein Hauch, aber stark genug, dass mir die Tränen in die Augen stiegen.

Es war schlimm für mich, Omas Kleidung zu berühren, sie von den Bügeln zu nehmen, zusammenzulegen und in Kartons zu verstauen. Die Handlung hatte etwas Endgültiges. Ich wusste, dass es getan werden musste, dass ich es bereits viel zu lange hinausgezögert hatte, und trotzdem fiel es mir wahnsinnig schwer.

Meine Hände griffen wie ferngesteuert nach dem geblümten Sommerkleid, das Oma so gerne getragen hatte. Behutsam strich ich über den dünnen Baumwollstoff, dachte an Edis gütiges Lächeln, die Fältchen um ihre Augen, die so viel Herzenswärme ausstrahlten.

Danke. Danke, dass ich dich kennen durfte und du meine Großmutter warst, dachte ich. Ich hoffe, es geht dir gut da oben und du schaust mit einem Lächeln zu uns herab.

Sorgsam legte ich das Kleid beiseite. Wenn ich in diesem Tempo weitermachte, würde ich in drei Wochen noch hier herumstehen. Ich musste meine Emotionen in den Griff bekommen. Ich schluckte meine Trauer hinunter und schaltete um auf Funktionieren. Mechanisch räumte ich den Schrank aus und sortierte kaputte Kleidungsstücke auf einen extra Haufen. Für sie gab es keine Verwendung mehr und ich würde sie gleich entsorgen. Was mit den anderen Klamotten geschehen sollte, konnte ich mir später immer noch überlegen. Vielleicht wanderten sie in die Altkleidersammlung, wenn ich bereit dafür war.

Nach und nach arbeitete ich mich durch den Schrank. Ich zwang mich dazu, sentimentale Gedanken gar nicht erst zuzulassen, und kam zügig voran. Schon bald spürte ich die blanken Einlegeböden unter meinen Fingern, ich hatte alle Klamotten verräumt. Eine übergroße Strickjacke aus kuscheligem Kaschmir hatte ich beiseitegelegt. Die würde ich behalten. Prüfend ließ ich meinen Blick noch einmal über die leeren Fächer gleiten, da fiel mir eine kleine Abweichung an der Rückwand des Schranks auf. Was war das? Ich stellte mich auf die Zehenspitzen und tastete den hinteren Teil des Fachs ab. Sollte ich einen Stuhl holen? Nein, es ging auch so. Da war ein Spalt, in dem ein Buch steckte. Ich rückte, so nah ich konnte, an den Schrank heran und streckte mich, so weit es ging. Mit einem Ruck zog ich das Ding heraus. Ich hatte eins von Omas Tagebüchern in der Hand. Was machte es denn im Schrank?

Ich blätterte hinein. Es war aus dem Jahr 1994, das Jahr, in dem meine Eltern gestorben waren. Aber mir fiel nichts Seltsames auf, als ich die ersten Einträge las.

1. Januar 1994
Müde! Wundervolle Silvesterfeier mit kleinem Zwischenfall: Das Fondue hat Feuer gefangen, aber Frieder hat sofort sein Bier darüber geschüttet und den Brand gelöscht. Freue mich auf ein neues Jahr voller Überraschungen. Ach ja, habe beim Bleigießen ein Schiff gegossen. Das deutet angeblich auf eine Urlaubsreise oder einen Aufbruch in eine neue Zukunft hin. Ich bin gespannt!

2. Januar 1994
Alles gut. Trude hat großen Schnäppcheneinkauf gemacht. Hanno ist nach Stralsund gefahren.

7. Januar 1994
Bitterkalt und Schnee. Hanno fährt trotzdem aufs Festland, Treffen mit Lieferanten.

21. Januar 1994
Wunderschönen Pullover gekauft. Unverschämt teuer, aber man gönnt sich ja sonst nichts. Hanno nicht da, besorgt Ersatzteile auf dem Festland.

Ich blätterte wahllos weiter.

4. Februar 1994
Sorge um Hanno. Depression?

Ich las die Zeile erneut. Redete Oma da wirklich von meinem Vater? Papa und eine Depression? Ungläubig schüttelte ich den Kopf. Das konnte doch nicht wahr sein. Mein Vater war ein lebenslustiger und fröhlicher Mann gewesen. Niemals hatte er unter Depressionen gelitten, das war absolut unvorstellbar.

Ich wollte gerade weiterlesen, da hörte ich schwere Schritte die Stufen zur Wohnung herauf kommen.

»Nele?«, erklang die Stimme meines Bruders. »Nele, kommst du bitte mal? Die Alpakas sind weg.«

Mit dem Tagebuch in der Hand sprang ich auf.

Torben stand mittlerweile in der Schlafzimmertür und sah mich skeptisch an. »Geht's dir nicht gut? Du bist ganz blass um die Nase.«

»Ach, wahrscheinlich bin ich nur zu hastig aufgestanden«, winkte ich ab. Jetzt war nicht die Zeit, um mit Torben über meine Entdeckung zu sprechen, denn anscheinend waren die Alpakas getürmt. »Was ist da unten los?«, fragte ich.

»Claudine war auf Alpakawanderung. Drei Kinder, zwei Mütter. Eins der Kinder war so ein verträumter Hans Guck-in-die-Luft, der hat Pablo geführt. Aber nicht richtig. Irgendwie hat es Pablo geschafft, wegzulaufen, und dann hat sich Frida losgerissen und ist hinterher.«

Kein Wunder. Welche Stute ließ schon ihr Fohlen allein?

»Und Henri?«, fragte ich.

»Henri konnte Claudine gerade noch festhalten. Dann hat sie ihn nach Hause auf die Weide gebracht. Und von der ist er dann getürmt, um seine Familie zu suchen.«

Ich prustete los. »Oh Mann, euch kann man auch keine Minute allein lassen«, sagte ich.

Torben hob die Hände in die Luft. »Ich bin unschuldig. Mit den Viechern habe ich nichts zu tun.«

»Na komm, dann lass uns mal losdüsen. Sie können ja nicht vom Erdboden verschluckt sein. Timmeritz verliert nichts.«

»Wahrscheinlich stehen sie in irgendeinem Garten und zerstören die Blumenpracht«, sagte Torben düster.

Wir trabten eilig die Treppe hinab und rannten zu unseren Fahrrädern. Claudine und Phipps waren bereits mit dem Bulli unterwegs. Ich hatte noch immer das Tagebuch in der Hand und warf es in den Korb auf meinem Gepäckträger.

»Wohin sollen wir fahren?«, fragte ich.

»Keine Ahnung. Die Biester können überall sein.«

»Dann versuchen wir unser Glück querfeldein in

Richtung von Fietes Landwirtschaft«, schlug ich vor. »Vielleicht riechen die Alpakas die anderen Tiere. Außerdem klappern die Straßen Claudine und Phipps ab.«

»Klingt nach 'nem Plan. Dann mal los.«

Wir traten kräftig in die Pedale. Es war windig, aber nicht so schlimm, dass man das Gefühl hatte, auf der Stelle zu fahren. Auch dieses Phänomen gab es auf Timmeritz, aber heute blieben wir zum Glück davon verschont.

Wir radelten durch die herrliche Landschaft. Ich war jedes Mal wieder erstaunt, wie wunderschön Timmeritz war. In der Ferne schwangen sich die Sicheldünen in sanften Bögen hinab zum Meer, vor uns breiteten sich die Trockenwiesen mit allerlei Sommerblumen darauf aus.

Ich hatte nicht wirklich Angst um die Alpakas. Was sollte hier auf der Insel schon groß passieren? Die Autofahrer passten auf, schließlich standen auch immer wieder plötzlich Schafe auf der Straße. Und die Steilküste von Malsund war weit weg, so schnell schafften die Tiere es nicht, sich die Klippen hinabzustürzen. Über kurz oder lang würden sich unsere Wege schon kreuzen. Trotzdem konnte ich den Aufenthalt in der Natur nicht so recht genießen. Ständig ploppte das Wort Depression in meinem Kopf auf.

»Sag mal, glaubst du, dass Papa depressiv war?«, fragte ich Torben schließlich.

Der Kopf meines Bruders ruckte herum und er fuhr einen gefährlichen Schlenker.

»Depressiv? Papa? Wie kommst du denn darauf?«

Ich wollte gerade etwas erwidern, da sah ich in der Ferne ein geflecktes Wesen dahintraben.

»Frida! Da vorne ist Frida!«, rief ich aufgeregt. »Schnell, die erwischen wir.«

»Pablo ist auch dabei«, sagte Torben. Ein wenig atemlos, weil wir wie die Verrückten in die Pedale traten.

»Aber wo zur Hölle ist Henri?«, fragte ich.

»Keine Ahnung. Und erst mal egal.« Torben sprang vom Fahrrad und rief Fridas Namen.

Die Alpakastute hob den Kopf und schaute uns neugierig an.

»Langsam, sonst läuft sie weg«, sagte ich.

Doch das Gegenteil passierte. Als Pablo uns erspähte, galoppierte er freudig auf uns zu und seine Mutter folgte ihm. Einen Augenblick später konnten wir ihre Halfter und Führstricke greifen und alles war gut.

»Jetzt aber ab mit euch nach Hause«, sagte Torben.

Ich führte die Alpakas, er schob die Räder.

»Sie machen den Eindruck, als hätten sie nichts dagegen einzuwenden. Wahrscheinlich war der kleine Ausflug Abwechslung genug und jetzt freuen sie sich wieder auf ihren Stall und das Futter.«

»Anzunehmen«, sagte Torben. »Würde mich nicht wundern, wenn Henri von alleine wieder aufkreuzt.«

Und tatsächlich, als wir die Inselbackstube erreichten, stand Henri schon vor der Scheune und erwartete uns.

»Du alter Schlawiner«, sagte ich kopfschüttelnd. »Jetzt kommt alle mit. Torben, rufst du Claudine an und sagst, dass alles in Ordnung ist?«

»Klar«, sagte mein Bruder und zog sein Handy aus der Tasche.

Ich brachte die Tiere unterdessen in den Stall, prüfte die Tränke und stopfte Heu in die Raufe.

Kurze Zeit später rollte der Bulli mit Phipps und Claudine in den Hof. Alle redeten durcheinander, Claudine fiel den Alpakas um den Hals, die den Trubel überhaupt nicht verstanden, und Torben sah ganz verzückt Claudine an, deren Augen strahlten, die Wangen gerötet vom Wind und der Aufregung. Sie war wirklich verdammt hübsch. Kein Wunder, dass Lukas sofort Gefallen an ihr gefunden hatte.

Ich merkte, wie der Druck und die Anspannung des kleinen Abenteuers von mir abfielen, und ich dachte an die vollen Kartons in Omas Wohnung über der Backstube. Eigentlich hatte ich mir vorgenommen, sie gleich noch wegzuräumen, aber das hatte Zeit. Jetzt wollte ich einfach nach Hause, schließlich wartete dort genug Arbeit auf mich. Außerdem hoffte ich, von Konstantin zu hören. Wir waren noch keinen Tag getrennt, und trotzdem vermisste ich ihn bereits schrecklich.

8

Zu Hause angekommen, lehnte ich das Rad an den Gartenzaun. Mein Blick fiel auf Omas Tagebuch, das noch immer im Gepäckträger lag. Ich nahm es an mich und ging ins Haus. Im Flur streifte ich die Schuhe von meinen Füßen und tappte barfuß über die alten Holzdielen. Wir hatten sie vor unserem Einzug abschleifen und neu ölen lassen, und nun schimmerten sie in einem matten Honigton. Ich liebte den Anblick, genauso wie das Gefühl unter den nackten Fußsohlen.

In der Küche schenkte ich mir ein Glas Wasser ein und ging ins Wohnzimmer. Ich betrachtete das Chaos um mich herum. Es gab viel zu tun, aber erst wollte ich weiter in Omas Tagebuch lesen. Vielleicht fand sich noch ein Hinweis darauf, was sie mit dem seltsamen Eintrag gemeint hatte, dass mein Vater angeblich depressiv gewesen sein sollte.

Es war ein angenehm warmer Abend, also ging ich nach draußen und setzte mich in die Hollywoodschaukel. Ein Relikt des Vorbesitzers und ziemlich altmodisch.

Aber ich mochte das geblümte Ungetüm, das bei jeder Bewegung ein Knarzen und Quietschen von sich gab. Irgendwann, wenn ich Zeit dazu fand, würde ich das rostige Gestänge abschleifen und neu lackieren. Vielleicht in einem frechen Pink. Oder im gleichen Hellblau wie die Fensterläden.

Ich schloss für einen Moment die Augen. Genoss die Geräusche des Meers und die Schreie der Möwen, den Duft nach Algen, Salz und Sommer, den lauen Wind, der mir um die Nase wehte. Dann siegte jedoch meine Neugier und ich schlug das Tagebuch auf.

Die Einträge nach dem vierten Februar behandelten belanglose Alltagsthemen. Erst am zehnten Februar schrieb Oma wieder über Papa.

10. Februar 1994
Werde Hanno zur Rede stellen müssen. Anscheinend hat sich Gunilla doch nicht getäuscht.

Ich legte das Buch neben mich auf die Hollywoodschaukel und trank einen Schluck Wasser. Gunilla Ehlert war die Mutter von Trude. Was konnte die Frau über meinen Vater gewusst haben? Sie musste 1994 schon an die achtzig Jahre alt gewesen sein und hatte immer sehr zurückgezogen gelebt. Die Jahre des Kriegs und die Rettung des jüdischen Mädchens waren auch an ihr nicht spurlos vorübergegangen. Dazu das Zusammenleben mit ihrer Tochter Trude, von der sie ganz offensichtlich verachtet wurde. Der Mann im Krieg gefallen, die Tochter verbittert und voller Ablehnung. Kein schönes Leben.

Sollte ich Trude einen Besuch abstatten? Vielleicht wusste sie, was hinter dem Eintrag stecken könnte? Es wäre auf jeden Fall eine Option. Aber am besten, ich las erst einmal weiter. Möglicherweise folgte noch eine Erklärung.

13. Februar 1994
Heute ist Hanno schon wieder aufs Festland gefahren. Muss Gunillas Angaben überprüfen. Wenn sie wahr sind, werde ich mit Hanno reden. Ich weiß, dass er Sorgen und Kummer am liebsten mit sich selbst ausmacht, da ist er wie sein Vater. Aber das darf nicht sein. Wir sind eine Familie!

14. Februar 1994
Gunilla hat recht. In der besagten Straße befindet sich tatsächlich eine psychologische Praxis. Gespräch ist unausweichlich.

Wovon redete Oma Edi da bloß?, fragte ich mich. Irgendwie verstand ich nur Bahnhof. Ich wollte gerade umblättern, da klingelte mein Handy. Es war Konstantin. Er klang ziemlich erschöpft, als er sich meldete.

»Die Fahrt war bestimmt furchtbar anstrengend«, sagte ich.

»Mit dir wäre es schöner gewesen.« Ich hörte das Lächeln aus seiner Stimme.

»Tja, ich bin hier unabkömmlich«, erwiderte ich und erzählte von den ausgebüchsten Alpakas, dem Ausräumen von Omas Wohnung und dem seltsamen Tagebuchfund im Schrank. »Ich kann mir einfach nicht vorstellen, dass

Papa depressiv war. Ich habe ihn immer fröhlich und gut gelaunt in Erinnerung.«

»Na ja, ich glaube, es ist ein Trugschluss, dass Depressive immer nur heulend im Bett liegen. Es gibt sehr viele von ihnen, die funktionieren, obwohl es sie beinahe übermenschliche Kräfte kostet.«

»Du glaubst, Papa hat uns allen etwas vorgespielt?«

»Das weiß ich nicht. Aber es gibt genug Menschen, die hinter ihrer Fassade eine bewegende Geschichte verbergen. Denk nur an Trude Ehlert.«

Ich seufzte. »Ich weiß. Aber für mich ist diese Vorstellung einfach schrecklich. Es war schlimm genug, meine Eltern so früh zu verlieren. Aber wenigstens dachte ich immer, sie wären glücklich gewesen. Vielleicht war das alles nur Einbildung.«

»Nele, du warst damals ein Kind. Egal, welche Probleme deine Eltern hatten oder nicht hatten – du bist garantiert nicht dafür verantwortlich.«

»Trotzdem fände ich es furchtbar, wenn ich meine Erinnerungen korrigieren müsste.«

»Das glaube ich dir. Aber vielleicht wendet sich ja noch alles zum Guten. Du hast ja erst ein paar Tagebucheinträge gelesen.«

»Hoffentlich hast du recht.« Ich atmete einmal tief durch und wechselte das Thema. »Wie geht es dir? Machst du heute noch Zürich unsicher? Wirst du Sarah besuchen?«

»Nein, ich bin total erledigt. Ich werde im Hotelrestaurant noch eine Kleinigkeit essen und dann ins Bett gehen. Mein erstes Treffen mit Sarah ist morgen um zehn.«

»Ich hoffe, du hast die weite Reise nicht umsonst angetreten«, sagte ich.

»Ja, das hoffe ich auch. Denn jeder Tag, den ich nicht mit dir verbringe, ist ein verlorener Tag.«

»Du Schmeichler. Ich glaube dir kein Wort.«

»Im Ernst, Nele. Es tut mir leid, dass ich dich gerade jetzt im Stich lasse. Aber es ist eine einmalige Chance, mit Sarah zu sprechen.«

»Das weiß ich doch. Außerdem bin ich schon ein großes Mädchen. Ich komme allein zurecht.«

»Ich kann es trotzdem kaum erwarten, wieder bei dir zu sein«, sagte Konstantin. Seine Stimme klang unglaublich zärtlich.

Wir verabschiedeten uns und ich starrte einen Augenblick verträumt in die Abendstimmung, bis ich mich plötzlich an Claudines Bitte erinnerte: Sie wollte sich nicht allein mit Lukas treffen, um ihm keine falschen Hoffnungen zu machen. Wenn ich mich ranhielt, konnte ich das Untergeschoss des Hauses bis Freitagabend in einen ansehnlichen Zustand bringen. Es sprach also nichts dagegen, den Mädels schon mal Bescheid zu geben. Ich schickte eine WhatsApp, dass am Freitag eine kleine Willkommensparty für den neuen Tierarzt bei mir stattfinden würde, und bekam von Emma sofort einen hochgestreckten Daumen zurück.

Super. Ich bring Günni mit. Und Nudelsalat.

Sorry, muss leider absagen. Bei uns ist Festlandwochenende.

Diese Nachricht kam von Frauke. Ich musste grinsen. Sie und ihr Mann Christian konnten sich einfach nicht auf einen Wohnsitz einigen. Ihm war Timmeritz zu langweilig. Deshalb pendelten sie zwischen Festland und Insel hin und her, was aber erstaunlich gut funktionierte.

Mein Handy piepste erneut. Laura.

Cool. Freu mich. Ich bring irgendetwas mit Tomaten mit. Und mit Zucchini. Das Zeug wächst ...

Torben und Phipps würde ich morgen in der Backstube Bescheid geben. Einen Moment überlegte ich, ob ich auch Marga und Lothar einladen sollte, entschied mich aber dagegen. Ich wollte Lukas schließlich nicht überfordern, es reichte, wenn er erst mal ein paar Leute in seinem Alter kennenlernte.

Schnell tippte ich noch eine Nachricht an Claudine, dann beschloss ich, die Lektüre des Tagebuchs auf später zu verschieben und erst einmal im Haus für Ordnung zu sorgen. Kartons gehörten ausgepackt, Regale eingeräumt, Bilder aufgehängt.

Es wurde zehn Uhr, bis ich ins Bett kam. Ziemlich spät für eine Bäckerin, die am nächsten Tag noch vor den Hühnern aufstehen musste. Aber ich war so aufgedreht, dass ich trotzdem nicht schlafen konnte. Also las ich weiter in Omas Aufzeichnungen und versuchte, das Rätsel um Papas angebliche Depression zu lüften. Doch die nächsten Einträge waren nicht besonders aussagekräftig. Zwar war immer wieder mal vermerkt, dass mein Vater aufs Festland fuhr, aber so außergewöhnlich war das nun auch wieder nicht.

Es dauerte bis zum 24. März, bis Oma meinen Vater endlich zur Rede gestellt hatte. Gespannt las ich den Eintrag, der sich über zwei ganze Seiten zog.

24. März 1994
Heute habe ich mit Hanno geredet. Erst war er ziemlich abweisend, aber als er merkte, dass ich nicht lockerlassen würde, gab er nach. Ich konfrontierte ihn damit, dass ihn Gunilla Ehlert in Stralsund gesehen hatte, wie er aus dem Haus eines Psychologen kam. Hanno wollte alles abstreiten, aber ich sagte ihm auf den Kopf zu, dass ich Gunillas Aussage überprüft hatte und sich an der von ihr genannten Adresse tatsächlich eine psychologische Praxis befand. Er sollte jetzt die Karten auf den Tisch legen, schließlich sei ich seine Mutter.
Was ich herausgefunden habe, macht mich traurig. Hanno geht es nicht gut. Er meinte, der finanzielle Druck mache ihm zu schaffen. Die Backstube müsste modernisiert werden, aber unsere Umsatzzahlen ließen genau das nicht zu. Er habe Zukunftsängste.
Deswegen fährt er jetzt also öfter als sonst aufs Festland. Er geht in Stralsund zu diesem Psychologen namens Dr. Wolf und spricht mit ihm darüber. Sowohl Frieder als auch Henny und die Kinder wissen nichts davon. Und das soll auch so bleiben. In dieser Hinsicht stimme ich vollkommen mit Hanno überein. Es bringt nichts, der Familie mit seinen trüben Gedanken das Leben schwer zu machen. Ja, eine Modernisierung der Backstube wäre teuer. Aber wir würden das schon schaffen. Wir haben bisher alles geschafft!
Soll Hanno mal weiter nach Stralsund zu seinem Dr. Wolf fahren. Vielleicht bringt ihn der wieder auf Spur. Ich muss sagen, ich hätte niemals auch nur geahnt, dass mein Sohn eine Depression hat. In letzter Zeit wirkte er sogar ausgesprochen fröhlich auf mich. Eine Strategie,

um seinen wahren Seelenzustand vor uns zu verheimlichen?
Wahrscheinlich werde ich es nie erfahren, weil Hanno nicht mehr als nötig darüber spricht. Das muss ich akzeptieren. Natürlich schmerzt es mein mütterliches Herz, wenn ich weiß, dass mein Sohn heimlich leidet und er sich mir nicht anvertrauen möchte. Gleichzeitig bin ich selbst schuld daran. Mir war es immer wichtig, ihn zu einem eigenständigen und unabhängigen jungen Mann zu erziehen. Aber es wird so sein wie so oft zuvor im Leben: Egal was passiert, wir halten als Familie zusammen. Gemeinsam stehen wir das durch.

Nachdenklich legte ich das Tagebuch beiseite und versuchte, mich an meinen Vater zu erinnern. Ich hörte seine tiefe, leicht kratzige Stimme, mit der er so wunderbar Geschichten vorlesen konnte. Dachte an seine strahlend blauen Augen, das verschmitzte Lächeln, das so oft seine Lippen umspielte. Seine muskulösen Arme, mit denen er zentnerschwere Mehlsäcke trug, die dann immer ganz leicht wirkten.

Nein, dieser Mann hatte keinen depressiven Eindruck auf mich gemacht. Hin und wieder erschöpft, ja, aber das war kein Wunder. In der Inselbackstube gab es immer viel zu tun, zudem war Papa Mitglied bei der Freiwilligen Feuerwehr und auch sonst stets helfend zur Hand, wenn jemand auf Timmeritz Unterstützung brauchte.

Ich merkte, wie mir die Augen zufielen. Die Strapazen des Tages zollten ihren Tribut, aber ich wollte unbedingt wissen, wie es in Omas Tagebuch weiterging. Also biss ich die Zähne zusammen und durchsuchte die

Einträge auf weitere Hinweise zu Papas Gemütszustand. Hin und wieder wurde ich fündig, wenn Oma erwähnte, dass Papa aufs Festland gefahren war. Manchmal blieb er am Wochenende auch über Nacht, anscheinend legte er dann zwei Termine hintereinander.

Ein Psychologe, der samstags und sonntags arbeitete? Gab es so etwas? Ich blätterte weiter, bis ich schließlich im August landete. Bei dem Tag, als meine Eltern starben.

Oma hatte einen langen Eintrag zu dem Unglück geschrieben, aber ich wollte ihn jetzt nicht lesen. Vielleicht war es an der Zeit, die Vergangenheit ruhen zu lassen und endlich zu schlafen. Morgen würde wieder ein anstrengender Tag werden. Ich wollte das Tagebuch gerade zuklappen, da fiel mir etwas auf: Oma hatte Seiten herausgerissen. Direkt nach dem Eintrag über den Tod meiner Eltern fehlten zwei Seiten. Danach ging alles ganz normal weiter, in meist knappen Beiträgen hatte Oma notiert, wie sie so viel Unheil wie möglich von uns Kindern abschirmte und Opa gleichzeitig die Backstube am Laufen hielt.

Aber was hatte sie auf den herausgerissenen Seiten festgehalten? Ich legte das Tagebuch aufs Nachtkästchen und löschte das Licht. Wahrscheinlich würde ich es nie erfahren.

9

»Ich gebe am Freitag eine kleine Party«, sagte ich am nächsten Morgen. Torben, Phipps und ich saßen bei einem schnellen Frühstück zusammen, Claudine hielt die Stellung in der Backstube.

»Eine Party? Obwohl Konstantin nicht da ist?«, fragte Torben. »Oder ist er bis dahin zurück?«

»Das weiß ich nicht. Aber es geht vor allem um Lukas. Er ist doch neu hier auf der Insel und da dachte ich mir …«

»Dass du ihm die Gelegenheit gibst, Claudine anzuhimmeln?«, brummte Torben.

Ich verdrehte die Augen. Oh Mann, wie alt war mein Bruder? Ich dachte eigentlich, er hätte die Pubertät hinter sich gelassen. Phipps biss grinsend in sein Brötchen mit Sanddornmarmelade, sagte aber nichts. Natürlich hätte ich an dieser Stelle erklären können, dass die ganze Party nur stieg, damit Claudine Lukas keinen Korb geben musste, aber das sollte Torben mal schön selbst herausfinden.

»Ihr kommt doch, oder?«, fragte ich.

Phipps nickte. »Logo.«

»Mhm«, knurrte Torben.

Ich war mir nicht sicher, ob das eine Zusage war, aber wenn er nur ein wenig männlichen Ehrgeiz besaß, würde er Lukas das Feld nicht kampflos überlassen.

Phipps schob sich den letzten Bissen in den Mund und sprang auf.

»Ich geh mal wieder rüber.« Er zwinkerte mir zu.

Wahrscheinlich vermutete er, dass mein Bruder und ich Redebedarf hatten. Und den hatten wir auch. Allerdings nicht über die Party, sondern über die Krankheit unseres Vaters. Torben war der Ältere von uns beiden, vielleicht wusste er Dinge, die ich nicht wusste. Aber hätte er nicht längst mit mir darüber gesprochen? Ich musste ihn fragen, sonst würde ich es nie herausfinden.

»Sag mal, hatte Papa eigentlich Depressionen?«, fiel ich mit der Tür ins Haus.

Torben hatte gerade einen Schluck Kaffee getrunken und stellte die Tasse so ruckartig ab, dass etwas von der braunen Flüssigkeit auf den Tisch schwappte.

»Fängst du jetzt schon wieder damit an. Wie kommst du denn nur darauf?«, fragte er mich vollkommen fassungslos.

Ich erzählte von meiner Entdeckung in Omas Wohnung: Dem im Schrank versteckten Tagebuch mit den fehlenden, herausgerissenen Seiten.

»Oh Mann, Nele. Das ist über zwanzig Jahre her. Genau wie du war ich damals ein Kind. Woher soll ich denn wissen, ob Papa depressiv war? Gewirkt hat er nicht so.« Torben strich sich durch die roten Haare, bis sie in alle Richtungen abstanden.

Das Thema wühlte in auf. Warum? Weil er etwas wusste?

»Vielleicht hat Oma ja mal mit dir darüber gesprochen«, bohrte ich weiter.

»Nein, hat sie nicht. Sie hat das Tagebuch ja anscheinend sogar vor sich selbst versteckt, warum also sollte sie mit mir darüber sprechen? Du weißt doch, dass sie jedes Unheil von uns fernhalten wollte.«

»Hast auch wieder recht«, sagte ich resigniert. »Ich werde bei Gelegenheit mal Marga fragen, vielleicht hat Oma ihr etwas erzählt. Immerhin waren sie beste Freundinnen.«

»Warum interessiert dich das überhaupt so brennend?«, fragte Torben. »Es ist bestimmt besser, die Vergangenheit ruhen zu lassen.«

»Mir ist irgendwie klar geworden, dass ich fast gar nichts über unsere Eltern weiß«, sagte ich.

»Kein Wunder. Sie sind ja auch gestorben, als du neun Jahre alt warst.« Torbens Worte klangen hart, und er wurde sich dieser Härte sofort bewusst. »Sie haben uns geliebt. Mehr als alles andere auf der Welt«, fügte er sanfter hinzu. »Ich denke, das ist das Einzige, was zählt.«

Nachdenklich ging ich zurück in die Backstube. Torben mochte ja recht haben mit seiner Aussage, aber mir ließ die ganze Sache trotzdem keine Ruhe. Ich zog mein Handy aus der Tasche und rief Marga an. Wie so oft war belegt. Ihr Mann Lothar war Installateur und seine Dienste waren auf Timmeritz sehr gefragt. An manchen Tagen verging kaum eine Minute, wo nicht ein verzweifelter Inselbewohner von einem Wasserrohrbruch, einer leckenden Klospülung oder einer defekten Heizung berichtete, die umgehend repariert werden musste. Egal, ich würde es später noch mal versuchen. Über kurz oder lang kamen wir immer zusammen.

Jetzt standen erst einmal Schokocroissants und Vanille-Windbeutel auf meiner To-do-Liste.

Claudine kam gerade mit zwei leeren Blechen aus dem Verkaufsraum zurück.

»Die ganze Insel scheint heute Lust auf Laugenbrezeln zu haben«, sagte sie mit leicht geröteten Wangen. »Ich kann gar nicht so schnell auffüllen, wie sie weggehen.«

»Ja, so Tage gibt es«, erwiderte ich lachend. »Aber übernimm dich nicht. Du brauchst noch Kraft für den Umzug.«

»Du bist schon fertig in Edis Wohnung?«, fragte Claudine verwundert. »Du solltest dir doch keinen Stress machen.«

»Das war kein Stress«, sagte ich. »Ich muss nur noch die Kartons ins Haus rüberschaffen und auf den Speicher räumen, dann kannst du einziehen.«

»Ich helfe dir natürlich beim Kistenschleppen«, sagte Claudine. »Ich weiß wirklich nicht, wie ich das jemals wieder gutmachen soll. Ich bin euch so viel schuldig.«

»Unsinn«, winkte ich ab. »Wir sind froh, dass du hier bist.«

»Ist so«, pflichtete mir Phipps bei.

»Du sollst nicht immer Frauengespräche belauschen«, rügte ich ihn.

»Na toll, was soll ich denn sonst machen? Dein

Bruder ist ja nicht gerade der Inbegriff einer Plaudertasche.«

»Wir bezahlen dich auch nicht fürs Quatschen«, brummte Torben und machte dabei ein griesgrämiges Gesicht, aber ich sah, dass seine Mundwinkel zuckten.

Grinsend widmete ich mich den Schokocroissants. Ich liebte die Arbeit in der Backstube, den Duft nach Anis, Fenchel, Zimt und Schokolade. Das fröhliche Plappern von Phipps, Claudines markantes Lachen und Torbens meist nur gespielte Grimmigkeit. Wir waren ein gutes Team und ich bereute meine Entscheidung, Hamburg und Veits Werbeagentur den Rücken gekehrt zu haben, keine Sekunde. Während ich die letzten zehn Jahre in einem seltsamen Schwebezustand verbracht hatte, fühlte ich mich jetzt angekommen und zu Hause.

Aber es war mir anscheinend nicht vergönnt, ganz zur Ruhe zu kommen. Erst war es meine gescheiterte Beziehung mit Klaas gewesen, die mich quälte, dann Trudes Briefe, die mir Konstantin ausreden wollten und nun Omas Tagebuch, das ein neues Rätsel der Vergangenheit ans Licht brachte. Und ich kannte mich einfach zu gut: Ich konnte die Sache nicht auf sich beruhen lassen. Ich würde so lange nachforschen, bis ich wusste, ob Papa wirklich depressiv gewesen war.

Was Oma wohl auf den herausgerissenen Seiten notiert hatte? Wenn ich das doch nur wüsste! Meine große Hoffnung war Marga. So weit ich wusste, hatten die beiden Frauen niemals Geheimnisse voreinander gehabt und jede Krise gemeinsam durchgestanden. Ich zog mein Handy aus der Tasche und probierte erneut, sie zu erreichen, doch die Leitung war noch immer oder schon wieder belegt.

Den weiteren Vormittag schob ich meine Grübeleien über die Vergangenheit beiseite und konzentrierte mich auf die Arbeit. Der Ansturm auf die Brezeln nahm einfach kein Ende und ich sorgte noch einmal für reichlich Nachschub. Es schien so, als hätte sich die ganze Insel abgesprochen, denn auch die Brotbuden riefen an und berichteten von einer ungewöhnlichen Nachfrage nach dem Laugengebäck. Claudine versorgte sie noch einmal mit frischer Ware, unterdessen brachte unsere Nachbarin Helene eine riesige Portion Johannisbeeren aus ihrem Garten vorbei, die ich spontan zu zwei Blechen Kuchen mit Schmand und Streusel verarbeitete. Am frühen Nachmittag hängte ich erleichtert die Schürze an den Haken. Endlich Feierabend!

Jetzt würde ich schnell die Kartons aus Omas Wohnung tragen und dann Marga einen spontanen Besuch abstatten. Vielleicht hatte sie gerade ein wenig Luft und konnte den Anrufbeantworter anstellen, damit wir bei einer Tasse Tee über alles reden konnten.

Ich stapfte die Stufen zur Wohnung hinauf. Claudine war gerade mit einer Gruppe Touristen zu einer Alpakawanderung aufgebrochen. Sie wollte mir zwar unbedingt helfen, aber sie würde noch genug Kisten schleppen dürfen, wenn sie das Haus in Schwarzenbek bei Hamburg auflöste. Ich sperrte gerade die Haustür auf und betrat den schmalen Gang, als mein Handy klingelte. Bestimmt Marga. Ich ging ins Wohnzimmer und ließ mich auf die Couch fallen.

»Marga, hallo«, nahm ich den Anruf entgegen, ohne aufs Display zu schauen.

»Ich bin's«, sagte Konstantin.

Ein Lächeln huschte auf mein Gesicht und ich spürte dieses angenehme Kribbeln im Bauch, das seine Stimme bei mir auslöste.

»Hi, schön, dass du anrufst. Wie läuft's in Zürich?«

»Sehr gut. Sarah ist zwar körperlich nicht mehr fit, aber geistig voll da. Sie hat Psychologie studiert und bis vor wenigen Jahren in diesem Beruf gearbeitet. Sie hat ein beinahe fotografisches Gedächtnis, erinnert sich an unzählige Einzelheiten und ist eine wahre Fundgrube an Details für meine Geschichte. Außerdem hat sie trotz all der Strapazen in ihrem Leben den Humor nicht verloren. Sie ist eine großartige Frau.«

»Muss ich eifersüchtig sein?«, fragte ich scherzhaft.

»Nein, natürlich nicht. Obwohl ich dich bitten möchte, dass du mir verzeihst, wenn ich noch einige Tage hierbleibe. Die Gespräche mit Sarah werden meinen Roman entscheidend nach vorne bringen und ich würde gerne ohne Zeitdruck mit ihr sprechen.«

»Wie lange willst du bleiben?«

»Eine Woche, vielleicht zwei. Ich habe nicht zu hoffen gewagt, dass Sarah geistig dermaßen fit ist. Allerdings geht es ihr körperlich nicht besonders, und in diesem Alter weiß man ja nie … Es wäre unklug, die Gespräche auf später zu verschieben. Wer weiß, ob es noch einen zweiten Besuch geben wird.«

»Ich vermisse dich«, sagte ich.

»Ich dich auch. Aber wenn wir uns wiedersehen, wird es dafür umso schöner.«

»Ich werde nachher zu Marga fahren und versuchen, etwas über Papas Depressionen herauszufinden. Sie muss etwas wissen«, sagte ich.

»Ach, Nele.« Konstantin seufzte. »Glaubst du nicht, dass du dich da in etwas verrennst?«

»Das sagt ja genau der Richtige. Wer sitzt denn gerade in der Schweiz bei einer Siebenundachtzigjährigen und wühlt in der Vergangenheit?«

»Okay, du hast recht. Ich gebe mich geschlagen.«

»Oma hat Seiten aus ihrem Tagebuch herausgerissen. Ich hoffe, Marga weiß, was darauf gestanden hat.«

»Es war ein Tagebuch. Darüber redet man meistens nicht mit anderen. Nicht einmal mit seiner besten Freundin«, gab Konstantin zu bedenken.

»Ich weiß. Aber ich möchte es wenigstens versuchen. Die Vorstellung, dass mein Vater unglücklich war, ist unerträglich für mich. Das würde heißen, dass er uns nur etwas vorgespielt hat. Das macht meine ganzen Erinnerungen zu einer Lüge.«

»So darfst du nicht denken, Nele. Deine Eltern haben dich geliebt. Das ist das Einzige, was zählt.«

»Das Gleiche hat Torben auch gesagt. Aber das reicht mir nicht.«

Ich wollte die Wahrheit wissen. Den fahlen Beigeschmack von Lügen fand ich unerträglich.

10

Atemlos stellte ich den letzten Karton auf den Speicher. Die Treppen der Wohnung hinab, über den Hof ins Haus, dann die Treppen in den Speicher wieder hinauf – die Räumaktion war anstrengender gewesen als jede Fitnesseinheit mit der Wii, zu der mich meine Nichte Norah nur allzu gerne verdammte. Wobei, jetzt wo es Balou gab, gehörten Konsolenspiele der Vergangenheit an. Nun hing sie jede Sekunde an ihrem plüschigen neuen Freund und entdeckte mit ihm die Welt. Schon bald würden die beiden wieder hier sein. Ich freute mich darauf. Und ich war gespannt, wie wir als Patchwork-Familie mit Sabine und Tilo funktionieren würden.

Ich löschte das Licht und verließ den Dachboden. Noch schnell durch Edis Wohnung wischen, das Bett neu beziehen und Handtücher im Bad bereitlegen, dann war alles fertig für Claudines Einzug.

Das Putzen ging mir leicht von der Hand, schließlich gab es keinen, der hier drinnen in letzter Zeit Dreck gemacht hätte. Das bisschen Staub schluckte der Swiffer und der alte Holzboden war vollkommen zufrieden damit, wenn man ihn nebelfeucht wischte. Bewaffnet mit einem feuchten Lappen machte ich mich noch daran, den Schrank im Schlafzimmer auszuwischen. Ich schnappte mir die kleine Tretleiter in der Nische hinter der Tür, um auch die oberen Fächer bequem zu erreichen. Und da sah ich etwas: Papier, das aus einem Schlitz ragte. Genau in dem Fach, in dem ich auch das Tagebuch gefunden hatte. Aufgeregt griff ich nach den Seiten, doch sie steckten fest. Mit fahrigen Bewegungen versuchte ich, sie herauszubekommen, ohne sie zu zerreißen. Leichter gesagt als getan. Ich merkte, dass ich mit meiner nervösen Hektik nicht weiterkam und zwang mich zur Ruhe. Millimeter um Millimeter zog ich die Seiten heraus, dabei wurde mir so heiß, als wären sie schwer wie Blei. Als ich sie endlich in den Händen hielt, tropfte Schweiß von meiner Stirn auf das Papier. Auch das noch. Hastig tupfte ich mit meinem Ärmel darüber, damit die Tinte nicht zerlief. Erst dann schaute ich, was ich da eigentlich in den Händen hielt. Es waren die herausgerissenen Tagebuchseiten!

Claudines Stimme ließ mich zusammenschrecken.

»Nele? Nele, ich sagte doch, dass ich dir helfe. Jetzt hast du die ganze Arbeit allein gemacht.« Claudine stand mittlerweile in der Schlafzimmertür.

Hastig stopfte ich die Zettel in die Hosentasche und schaute in ihr vorwurfsvolles Gesicht.

»Ach, das war doch nichts«, winkte ich ab.

»Das sieht aber anders aus. Du bist ja fix und fertig. Der Schweiß tropft dir von der Stirn. Komm jetzt runter da, ich kann den Schrank selber putzen. Schließlich will ich ihn auch benutzen.«

»Schon gut, schon gut. Ich werde mich nicht wehren, wenn mir jemand den Putzlappen abnehmen will«, sagte ich grinsend und drückte ihn Claudine in die Hand. »Die Schlüssel liegen in der Küche. Fühl dich wie zu Hause.«

»Wir müssen noch den Mietvertrag machen«, sagte Claudine. »Ich will ab sofort bezahlen.«

»Ich spreche mit Torben, okay? Wir haben uns bisher darüber keine Gedanken gemacht.« Dann verabschiedete ich mich hastig und rannte nach unten zu meinem Fahrrad.

Der Mietvertrag interessierte mich im Moment kein bisschen. Ich wollte wissen, was Oma Edi in ihr Tagebuch geschrieben hatte und so schlimm fand, dass sie die Seiten schließlich herausgerissen hat. Anscheinend etwas von Bedeutung, sonst hätte sie die Seiten doch einfach weggeworfen und nicht aufgehoben, oder?

So fest ich konnte, trat ich in die Pedale.

»In der Ruhe liegt die Kraft«, rief mir Heinz lachend vom Kutschbock zu, als ich Max und Moritz überholte, die gemütlich dahintrotteten.

Mit hochrotem Kopf und großem Durst erreichte ich mein Zuhause. Ich lehnte das Rad an den Gartenzaun, lief ins Haus und schüttete hastig ein Glas Wasser hinunter. Dann zog ich die Tagebuchseiten aus meiner Hosentasche, ließ mich auf die Eckbank in der Küche fallen und begann zu lesen.

27. August 1994
Henny und Hanno sind tot. Seit Tagen pochen diese Worte wie Hammerschläge in meinem Gehirn. Ich kann es einfach nicht fassen. Der Schmerz ist zu groß, geradezu übermächtig. Wie eine zentnerschwere, schwarze Decke hat er sich um meinen Körper geschlungen, lähmt mich, frisst mich auf. Ich möchte schreien, weinen, ins Meer laufen und den garstigen, bösartigen Wellen das entreißen, was sie mir genommen haben. Aber ich muss stark sein. Für die Kinder. Nele und Torben brauchen uns jetzt mehr denn je. Frieder schafft es, einen kühlen Kopf zu bewahren und alles zu organisieren. Aber ihn quälen auch nicht diese Zweifel, die mich quälen. Ich kann mit niemandem darüber sprechen, weil die Gedanken so unerhört sind, dass ich mich nicht einmal traue, sie laut auszusprechen. Aber wenn ich sie mir jetzt nicht von der Seele schreibe, drohe ich innerlich zu zerreißen.
Was ist, wenn der Segelunfall, bei dem Henny und Hanno ums Leben gekommen sind, kein Unfall gewesen ist? Was ist, wenn Hanno depressiver war, als er zugegeben hat? Was ist, wenn er von dem drohenden Unwetter wusste? Was ist, wenn er absichtlich rausgefahren ist, weil er sterben wollte? Er hat keinen Ausweg mehr gesehen und den Tod gesucht. Und weil er nicht allein sterben wollte, hat er Henny mit sich gerissen.
Ich weiß, es klingt unglaublich. Aber ist es nicht oft im Leben so, dass die Wahrheit schwerer zu akzeptieren ist als die Lüge?
Was soll ich nun tun? Ich bin verzweifelt. Hanno war ein guter Mensch. Depressionen können jeden treffen. Ihn jetzt als Mörder abzustempeln, erscheint mir ungeheuer-

lich. Ich habe keinerlei Beweise für meine Vermutungen. Doch wenn ich sie nur ein einziges Mal laut ausspreche, werden sie ihren Weg über die Insel finden und Hanno und damit auch unsere Familie wird für immer gebrandmarkt sein. Ein hoher Preis für eine Wahrheit, die vielleicht gar keine ist.
Es gibt nur eine einzige Person, der ich blind vertraue. Und das ist Marga. Ich werde mit ihr darüber sprechen. Und wenn sie mir rät, zu schweigen, dann werde ich das tun. Ich selbst kann diese Entscheidung nicht treffen. Nicht jetzt, wo mein Herz gebrochen ist, aber die Umstände es erfordern, dass ich stärker bin als je zuvor.

An dieser Stelle endete der Eintrag. Mit Tränen in den Augen starrte ich auf Omas Worte. Was sagte sie da nur? Dass Papa nicht nur depressiv, sondern auch noch ein Mörder gewesen sein sollte? Dieser Vorwurf war so ungeheuerlich, dass ich unwillkürlich den Kopf schüttelte.

Nein.

Nein, das konnte einfach nicht sein!

Mir wurde klar, wie wenig ich über meine Eltern wusste. Das meiste davon stammte aus Erzählungen. Wie sollte es auch anders sein. Papa und Mama waren viel zu früh gestorben. Und seit Oma Edi tot war, war die letzte Verbindung zu ihnen gekappt, denn meine Großeltern mütterlicherseits hatte ich nie kennengelernt. Sie waren bereits vor meiner Geburt gestorben.

Mal wieder war es Marga, an die ich mich wenden konnte. Sie würde mir weiterhelfen. Als älteste Freundin meiner Großmutter war sie nun meine engste Bezugsperson. Seit unserer Geburt war sie an Torbens und meiner Seite, hatte all die großen und kleinen Dramen des Lebens mit uns durchgestanden.

Ich verlor keine Zeit damit, meinen Besuch per Telefon anzukündigen. Wahrscheinlich war sowieso belegt. Aber jetzt konnte ich keine Rücksicht auf defekte Toilettenspülungen und tropfende Wasserhähne nehmen. Marga würde mit mir sprechen müssen. Und wenn ich eigenhändig den Telefonstecker aus der Wand riss.

Ich sprang auf, stopfte die Tagebuchseiten zurück in die Hosentasche und rannte nach draußen zu meinem Fahrrad. Mein Herz klopfte so heftig, dass ich das Pochen des Pulsschlags an meinem Hals spüren konnte.

War mein Vater tatsächlich ein Mörder?

11

»Nele, Liebes! Was ist denn mit dir los?« Marga sah mich besorgt an, während sie die Tür weit aufhielt und mich mit einer Geste hineinbat.

»Wusstest du davon?« Ich wedelte mit den Tagebuchseiten vor Margas Gesicht herum.

Sie bat mich erst mal in die Küche und setzte Tee auf. Als ich sie herumhantieren sah, mit ihrer silbergrauen Dauerwelle und dem geblümten Kleid, die gewohnten Bewegungen und Geräusche wahrnahm und der vertraute Geruch nach Kräutern und Minze in meine Nase stieg, beruhigte ich mich langsam. Margas Küche war ein Ort, der wie aus der Zeit gefallen wirkte – eine Mischung aus Puppenstube und Hexenkessel. Das Zentrum ein großer, blank gescheuerter Holztisch, an dem bereits die halbe Insel Platz genommen und sich Rat geholt hatte.

Marga stellte zwei Tassen Tee auf den Tisch und setzte sich zu mir. Sie starrte auf die Tagebuchseiten, die vor mir lagen.

»Sie hat sie also aufgehoben«, sagte sie seufzend. »Und du hast sie gefunden.«

»Stimmt es? Stimmt es, was sie da schreibt? Ist mein Vater ein Mörder?«

»Ach, Nele.« Marga schloss beide Hände um die Teetasse und sah auf einmal um Jahre gealtert aus.

Das Telefon klingelte. Marga stand auf und schaltete den Anrufbeantworter ein. »Nie hat man Ruhe«, sagte sie. »Lothar arbeitet sowieso bis spätabends, aber selbst das ist nicht genug. Und das mit fast siebzig Jahren. Es wird Zeit, dass er sich endlich einen Nachfolger sucht. Stell dir vor, neulich haben Feriengäste mitten in der Nacht angerufen, weil …«

»Marga, bitte. Lenk nicht ab.«

Marga lehnte sich an die Arbeitsplatte der Küche. »Herrje, war dein Vater ein Mörder? Ist er absichtlich hinausgefahren, obwohl es ein Unwetter gab?« Sie raufte sich die Haare. »Ich weiß es nicht, Kind. Ich weiß es einfach nicht. Vorstellen kann ich es mir nicht.«

»Aber falls an dieser Vermutung etwas dran ist, dann müsste es doch Beweise dafür geben, oder? Hätte die Polizei nicht Hinweise finden müssen? Und was sagt der Psychologe, bei dem Papa in Behandlung war?«, fragte ich aufgebracht.

»Die Polizei hat gar nicht ermittelt. Niemand ist davon ausgegangen, dass der Tod deiner Eltern etwas anderes als ein tragischer Unfall war. Und wenn du mich fragst, hat sich Edi da in etwas hineingesteigert. Der Schock, die Trauer – das war alles zu viel für sie. Da hat ihr Gehirn eine Möglichkeit gesucht, das Unbegreifliche begreiflich zu machen.«

»Du glaubst, sie fände den Gedanken, dass ihr Sohn ein depressiver Mörder war, erträglicher, als das Schicksal eines Unfalls hinzunehmen?« Ich hörte selbst, wie schrill und ungläubig meine Stimme klang.

»Nein, natürlich nicht. Aber du weißt doch selbst, was Trauer, Wut und Verzweiflung für verheerende Kräfte entfalten können. Es ist verständlich, dass Edi verwirrt war.«

»Aber ihre Worte klingen nicht verwirrt«, widersprach ich. »In meinen Augen sind ihre Zweifel durchaus berechtigt.« Ich klopfte mit dem Zeigefinger auf die Tagebuchseiten.

Marga seufzte und setzte sich wieder zu mir. »Nele, egal, was damals passiert ist – es ändert nichts an deinem Leben und an der Gegenwart. Lass die Vergangenheit ruhen. Es ist besser so.«

»Du hast also Oma geraten, die Sache nicht weiter zu verfolgen?«

»Natürlich habe ich das«, erwiderte Marga lauter als sonst. »Ein schwerer Schicksalsschlag hat eure Familie getroffen. Mit ihren verrückten Vermutungen hätte sie nur die ganze Insel in Aufruhr versetzt. Das wäre Gift für euch Kinder gewesen.«

»Sie hat sich bestimmt Vorwürfe gemacht«, murmelte ich. »Sich selbst die Schuld daran gegeben, dass meine Eltern an diesem Tag Segeln gegangen sind.«

»Natürlich hat sie das«, stimmte mir Marga zu. »Sie meinte, sie hätte mit dem Thema Depression offener umgehen und auch mit Henny und Frieder das Gespräch suchen müssen. Aber stattdessen hatte sie Hanno stets gedeckt, wenn er zu seinen Sitzungen aufs Festland fuhr, damit ihm die Schande, sich outen zu müssen, erspart blieb.«

»Schande, sich outen zu müssen«, wiederholte ich ungläubig. »Was redest du denn, Marga?«

»Früher war das so. Da waren Depressionen nichts, mit dem man hausieren ging. Sie galten als persönliche Schwäche und nicht als Krankheit. *Reiß dich zusammen*, war noch das Netteste, was man als Ratschlag um die Ohren gehaut bekam.«

»Du glaubst also, dass nur Edi davon gewusst hat, dass Papa zu einem Psychologen ging?«

»Ja. Und Gunilla, die Hanno zufällig ihn Stralsund aus dem Haus des Therapeuten kommen sah. Aber Edi hat das hingebogen und ihr irgendeine wilde Geschichte von einer Tortenlieferung oder so erzählt.« Marga musste grinsen.

Auch auf meine Lippen schlich sich ein Lächeln, obwohl mir alles andere als heiter zumute war. Aber Edi hatte ihre Familie immer beschützt wie eine Löwin. Und wenn es dazu einer kleinen Notlüge bedurfte, hatte sie diese eben eingesetzt.

»Ach, Marga, was soll ich denn jetzt tun?«, fragte ich verzweifelt.

»Das ist ganz leicht, mein Schatz: Vergiss dieses Tagebuch und Edis Hirngespinste. Was geschehen ist, ist geschehen. Das lässt sich nicht mehr rückgängig machen.«

»So einfach ist es, denkst du?« Ich sah Marga fest in die Augen. »Meine Eltern könnten vielleicht noch leben, wenn man Papas Probleme ernster genommen hätte. Aber wir haben weggeschaut und nichts bemerkt. Und

Edi, die als Einzige etwas hätte tun können, hat aus falscher Scham geschwiegen. Das ist auch ein Verbrechen.« Ich schluchzte.

Eine Träne lief mir über die Wangen. Die ganze Unfassbarkeit und Tragik wurde mir auf einen Schlag bewusst.

»Ihr habt nicht weggeschaut. Ihr wart Kinder«, sagte Marga streng. »Und wie gesagt, man hat Hanno nichts angemerkt. Er war kein Häufchen Elend, das im Bett lag und den Tod herbeisehnte, weil das Leben sinnlos war. Im Gegenteil. Er war ein Macher mit unerschöpflicher Energie und Lebensfreude.«

»Und warum ging er dann zu diesem Psychologen?«

»Keine Ahnung.« Marga zuckte mit den Schultern. »Vielleicht hatte er eine Midlife-Crisis.«

»Das überzeugt mich nicht«, sagte ich und stand so abrupt auf, dass ich gegen die Tischkante stieß und beinahe meine Tasse umgeworfen hätte.

»Nele, bitte.« Marga stand ebenfalls auf und legte mir ihre Hand auf den Unterarm. »Du hast in den letzten Monaten viel durchgemacht. Aber du hast auch Konstantin kennengelernt. Und ihr habt euch gerade ein Haus gekauft. Denkst du nicht, du solltest dich auf die Zukunft konzentrieren?«

»Nein, das denke ich nicht. Ich denke, ich sollte die Wahrheit herausfinden. Und weißt du, was ich noch denke: Dass das eigentlich eure Aufgabe gewesen wäre.«

Marga wollte etwas erwidern, doch ich ließ sie einfach stehen, rannte aus ihrem kleinen Haus und dabei Lothar in die Arme.

»Hey, hey, wohin so stürmisch?«, sagte er mit einem

Lächeln, doch ich winkte nur ab und rannte zu meinem Rad.

Ich spürte seinen verdutzten Blick im Nacken, aber es war mir egal. Sollte Marga ihm doch erzählen, was sie wollte.

Anstatt nach Hause zu fahren, fuhr ich an den Strand. Die meisten Touristen saßen bereits in ihren Ferienwohnungen oder in den Restaurants beim Abendessen, sodass es nicht schwer war, ein ruhiges Plätzchen zu finden.

Ich setzte mich auf einen Stein und starrte aufs Meer. Das Rauschen der Wellen und das Kreischen der Möwen bildete die Hintergrundmusik für die tausend Gedanken, die durch meinen Kopf geisterten. Ich konnte nicht fassen, dass Edi und Marga all die Jahre dieses Geheimnis mit sich herumgetragen hatten und kein Wort sagten. Wieso? Es war unser Recht, die Wahrheit zu kennen. Ich musste unbedingt mit Torben darüber sprechen, aber heute war es schon zu spät. Er würde bald ins Bett gehen und war bestimmt wenig erfreut, wenn ich jetzt mit diesem Thema bei ihm ankam. Er wollte ja schon Papas Depression am liebsten einfach ignorieren.

Ich überlegte, ob ich zu Emma fahren sollte. Sie würde mir ein Glas Wein einschenken, mir zuhören und mich trösten. Aber irgendwie kam es mir nicht richtig vor, erst mit ihr darüber zu sprechen. Das war eine Familienangelegenheit. Und meine Familie war nun mal Torben.

Ich vermisste Konstantin. Wie gerne hätte ich jetzt den Kopf an seine Schulter gelehnt und seine warme Hand auf meinen Haaren gespürt. Er sollte hier sein, hier bei mir. Und nicht in der Schweiz. Ich brauchte ihn jetzt mehr als je zuvor. Ich zog mein Handy aus der Tasche und rief ihn an. Obwohl ich es endlos klingeln ließ, ging er nicht ans Telefon.

Resigniert steckte ich es zurück. Ich fühlte mich allein und hilflos.

12

»Fiete bringt seine legendäre Bowle mit am Freitag«, sagte Phipps am nächsten Tag in der Backstube. Dabei grinste er, als hätte er schon ein Tässchen davon intus.

»Bowle? Diese Bezeichnung wird diesem höllischem Gebräu nicht gerecht«, sagte Torben. »Wir sollten unserem Inselsheriff Jürgen Bescheid sagen, dass er die Straßen sperrt. Keiner kommt mehr gerade nach Hause, wenn er auch nur daran genippt hat.«

»Ach, du wieder. Alter Miesepeter.« Phipps streckte meinem Bruder die Zunge raus.

Ich konnte der Blödelei nicht viel abgewinnen. Die ganze Nacht hatte ich mich im Bett gewälzt, über meine Eltern nachgedacht und darauf gewartet, dass Konstantin zurückrief. Aber das tat er nicht. Er schickte nicht einmal eine Nachricht.

Ständig sagte ich mir, dass er ja nichts von Omas tragischem Tagebucheintrag wusste und daher nicht ahnen konnte, wie durcheinander ich war. Trotzdem war ich enttäuscht. Irgendwie hatte ich mir gewünscht, dass er meine Verzweiflung spüren konnte. Ich wusste selbst, dass das kindisch war. Immer wieder schaute ich auf mein Handy, doch er meldete sich einfach nicht. Und ich war zu stolz, um ihn per SMS um einen Anruf zu bitten. Mit zusammengebissenen Zähnen erledigte ich meine Arbeit. Die Männer dachten wahrscheinlich, dass ich meine Tage hatte, doch Claudine nahm mich beiseite.

»Alles in Ordnung?«, fragte sie.

»Schlecht geschlafen«, erwiderte ich einsilbig.

»Glaube ich dir nicht«, sagte sie prompt. »Aber ich akzeptiere, dass du nicht darüber reden willst. Sollte sich das ändern – ich stehe nur ein paar Meter von dir entfernt.« Claudine lächelte mich an, bevor sie sich wieder ihren Zimtschnecken zuwandte.

»Danke«, hauchte ich und stach weiter Teiglinge ab.

Ich war heilfroh, als der Arbeitstag endlich vorüber war und ich mit Torben sprechen konnte.

Wir standen in der Küche des Wohnhauses. Mein Bruder kramte im Kühlschrank auf der Suche nach den Zutaten fürs Mittagessen. Claudine war in Omas Wohnung über der Backstube und wollte sich ein wenig einrichten, bevor sie zu einer Alpakawanderung aufbrach.

»Bitte lies dir das durch. Und dann sag mir, was wir tun sollen.« Ich legte die Tagebuchseiten auf den Tisch und knallte Torben die Kühlschranktür vor der Nase zu.

»Hey«, erwiderte er gereizt. »Ich habe Hunger.«

»Wenn du das gelesen hast, wird dir der Appetit vergehen, glaub mir.« Ich schob Torben unsanft auf einen Stuhl und deutete auf die Seiten.

»Was ist denn das schon wieder? Mehr von Omas

wirrem Zeug?« Er stöhnte. »Kannst du nicht endlich mal Ruhe geben?«

»Lies«, sagte ich scharf.

Torben nahm die Seiten an sich, lehnte sich zurück und schnaufte. »Wenn es unbedingt sein muss.«

Wie konnte er nur so gleichgültig sein? Ich beobachtete ihn genau, versuchte, aus seiner Mimik herauszulesen, was Omas Worte in ihm auslösten. Doch der Gesichtsausdruck meines Bruders blieb unbeeindruckt. Schließlich hatte er die Lektüre beendet und sah mich ratlos an. »Und jetzt?«

»Sag du es mir«, forderte ich ungehalten.

Er knüllte die Seiten zusammen, stand auf und warf sie in den Mülleimer. »Problem erledigt.«

Mit offenem Mund starrte ich ihn an. »Aber du kannst doch nicht …«

»Was? Das zu Ende bringen, was Oma augenscheinlich begonnen hat?«

»Was redest du da?«

»Na ja, sie hat die Seiten aus ihrem Tagebuch gerissen. Wahrscheinlich, weil sie selbst gemerkt hat, was für einen Schwachsinn sie da geschrieben hat. Warum sie den Weg zum Papierkorb nicht gefunden hat, ist mir ein Rätsel.« Torben verschränkte abweisend die Arme vor der Brust.

Wie ein Bollwerk stand er vor mir, aber ich wusste, dass er mit dieser Geste versuchte, sich selbst zu schützen. Er wollte die schmerzhafte Version der Geschichte nicht wahrhaben, ließ sie gar nicht erst an sich heran.

Entschlossen ging ich zum Abfalleimer und holte die Tagebuchseiten wieder heraus.

»Ignorieren und wegsehen hat noch nie etwas besser gemacht«, sagte ich. »Kann ich davon ausgehen, dass du mir nicht dabei helfen wirst, die Wahrheit herauszufinden?«

»Nele.« Mein Bruder sah mich flehend an.

»Schon gut. Ich komme allein zurecht. Wie die vergangenen zehn Jahre auch.«

»Jetzt werde nicht ungerecht. Du bist Hals über Kopf davongelaufen und hast unsere Unterstützung abgelehnt.«

Ich funkelte Torben wütend an. »Und jetzt bitte ich dich darum. Und was bekomme ich? Ablehnung.«

»Du steigerst dich da in etwas hinein. Hast du schon mit Marga darüber gesprochen?«

»Ja.« Ich senkte den Blick.

»Und? Was hat sie gesagt?«

»Dass ich mich auf die Zukunft konzentrieren soll.«

»Ein sehr weiser Rat.« Torben sah mir fest in die Augen. »Nele, egal, was damals passiert ist: Es ist geschehen. Lass uns nach vorne blicken.« Er griff nach meiner Hand, doch ich zog sie weg.

»Es macht dir gar nichts aus, dass dein Vater vielleicht ein Mörder war?«, fragte ich.

»Mörder – was ist denn das für ein Begriff? Papa war doch kein Ungeheuer. Erinnerst du dich nicht mehr daran, wie er uns stundenlang vorgelesen hat, wenn es im Winter stürmte und uns langweilig war? Wie er mit uns am Strand gespielt hat? Die riesigen Sandburgen, die bunten Drachen, unser Lachen? Wie er uns huckepack genommen hat, wenn wir nicht mehr konnten? Hast du all das vergessen?«

»Nein, natürlich nicht. Aber trotzdem kann er absichtlich in den Sturm gesegelt sein«, beharrte ich auf meiner Meinung.

»Ja, und jetzt? Willst du auf der ganzen Insel rumlaufen und alle möglichen Leute ausfragen? Vielen Dank auch, das wird dem Ruf unserer Backstube bestimmt guttun.«

»Ach, das ist also wichtiger, ja? Das liebe Geld.«

»Verdammt, Nele! Was stimmt nicht mit dir?«, brauste mein Bruder auf. »Wir wären vergangenes Jahr beinahe pleite gegangen und haben das Ruder gerade noch mal herumgerissen. Willst du all das, was wir so mühsam erreicht haben, aufs Spiel setzen? Du und Konstantin, ihr habt erst vor ein paar Wochen ein Haus gekauft. Erzähl mir nicht, dass Geld bei euch keine Rolle spielt.«

»Es gibt Wichtigeres im Leben als Geld«, sagte ich und verließ die Küche.

Von Torben würde ich keine Unterstützung bekommen, das stand fest. Ich schwang mich auf mein Fahrrad und radelte die Wedemunder Hauptstraße entlang. Dabei richtete ich den Blick stur geradeaus. Ich wollte jetzt mit Helene keinen Plausch über den Gartenzaun halten oder Neuigkeiten austauschen. Ich wollte einfach nur nach Hause und mit Konstantin reden.

Erleichtert sprang ich vom Rad, als ich mein Ziel erreicht hatte. Jetzt nur hinein und die Tür zumachen! Ich kickte die Schuhe von den Füßen und tappte in die Küche.

Ein Blick auf mein Handy verriet mir, dass Konstantin immer noch nicht versucht hatte, mich zu erreichen. Hatte er sein Telefon verloren? War er mit Sarah durchgebrannt? Wollte er seine Ruhe haben?

Das Gerät in meiner Hand vibrierte. Vor Schreck hätte ich es beinahe fallen lassen. Es war Konstantin.

»Endlich!«, sagte ich. »Ich habe mir schon Sorgen gemacht.«

»Oh, sorry. Mein Akku war leer und ich bin erst jetzt in mein Hotelzimmer gekommen.«

»Und wo hast du geschlafen?«, fragte ich skeptisch.

»Bei Sarah.«

»Im Seniorenheim?«

»Das ist kein normales Seniorenheim. Es ist eher eine Residenz. Sarah hat ein geräumiges Appartement mit Gästezimmer.«

»Aha.« Mehr fiel mir dazu nicht ein.

»Geht's dir gut, Nele?« Konstantin klang besorgt.

Ich begann zu weinen. Auf einmal brachen all der Kummer und die Verwirrung aus mir heraus.

»Hey, was ist los?«

»Du musst herkommen. Ich brauche dich hier«, schluchzte ich.

»Jetzt erzähl mir erst einmal, was los ist«, sagte Konstantin.

Stockend berichtete ich von meinem Fund. Schniefend und schnäuzend las ich den Tagebucheintrag meiner Großmutter vor.

»Das ist harter Tobak«, sagte Konstantin. »Ich verstehe, dass dich das aufwühlt.«

Seine Worte waren Balsam für meine geschundene Seele. Endlich jemand, der mich nicht als verrückt abstempelte.

»Kommst du zurück und hilfst mir, die Wahrheit herauszufinden?«, bat ich ihn.

»Nein«, sagte Konstantin, ohne auch nur eine Sekunde zu überlegen. »Nicht jetzt, Nele. Ich arbeite hier an einer extrem wichtigen Sache. Sarah und ich kommen gut voran. Ich würde es mir niemals verzeihen, wenn ich das jetzt unterbreche, nur um …«

»Nur um was? In der Vergangenheit zu wühlen? Genau das Gleiche tust du doch jetzt auch«, sagte ich wütend.

»Ja, das stimmt. Aber im Gegensatz zu deinen Eltern ist Sarah noch am Leben. Das hier ist verdammt wichtig.«

»Oh Gott, hörst du dir eigentlich selbst zu?« Meine Stimme klang hysterisch. »Irgendeine fast hundertjährige Mumie ist wichtiger als deine Freundin?«

»So habe ich das nicht gemeint. Und das weißt du auch. Ich unterstütze dich gerne auf der Spurensuche. Aber ob das jetzt eine Woche früher oder später passiert, ändert nichts mehr am Tod deiner Eltern. Das musst du doch zugeben.«

»Aber du würdest mir damit zeigen, dass ich dir wichtig bin«, murmelte ich wie ein trotziges Kind.

»Du *bist* mir wichtig. Aber ich habe auch einen Beruf. Nein, es ist mehr als das. Das Schreiben ist ein Teil von mir.«

»Und ich bin das wohl nicht.« Traurig legte ich auf.

Konstantin versuchte danach mehrmals, mich zu erreichen, aber ich drückte ihn weg. Nicht gerade ein erwachsenes Verhalten, aber ich war verletzt, enttäuscht, frustriert. Sofort würde ich für Konstantin alles liegen und stehen lassen, wenn er meine Hilfe brauchte. Andersherum war das anscheinend nicht der Fall.

Zum Glück hatte ich genug Arbeit, um mich zu betäuben. Der Onlineshop forderte etwas Pflege, genauso wie Facebook und Instagram. Und im Haus gab es auch noch genug zu tun.

Wenn ich ehrlich war, hatte ich keine Lust mehr auf die Party am Freitag, aber wenn ich sie jetzt absagte, würde ich Claudine enttäuschen und mich einem Heer von Fragen aussetzen. Da war es besser, gute Miene zum bösen Spiel zu machen.

Erst wollte ich mich zum Arbeiten drinnen verschanzen, aber dann lockte mich doch das schöne Wetter nach draußen. Ich schnappte mir meinen Laptop und ging in den Garten. Die Grillen zirpten, die Vögel zwitscherten und der Geruch von Sommer lag in der Luft. Am Strand liefen Kinder kreischend ins Meer, während die Eltern träge in der Sonne lagen oder auf ihren bunten Handtüchern Karten spielten.

Das Leben auf Timmeritz konnte so leicht sein, gerade im Sommer. Es schien, als existierten Sorgen und Stress einfach nicht, als würde man sie abstreifen, sobald man auf die Fähre stieg. Die Touristen schwärmten immer davon, dass die Zeit auf der Insel langsamer verging, alles so herrlich entschleunigt wäre, als befände man sich in einem Paralleluniversum.

Ich verstand, was sie meinten. Und oft fühlte ich es auch. Aber heute nicht. Heute wogen die Sorgen in meinem Kopf und meinem Herzen zentnerschwer. Froh, mich ablenken zu können, stürzte ich mich in die Arbeit.

13

Die Sonne stand bereits tief, als ich endlich den Laptop zuklappte und den Arbeitstag für beendet erklärte. Ich hatte mein Handy die letzten Stunden ignoriert, und ein Blick aufs Display verriet mir, dass Konstantin noch ein paar Mal versucht hatte, mich zu erreichen. Aber ich wollte jetzt nicht mit ihm reden und mir anhören, warum es wichtiger für ihn war, in der Schweiz zu bleiben, als mir hier auf Timmeritz beizustehen.

Ich stand auf, packte meinen Laptop und ging von der Terrasse ins Haus. In der Küche nahm ich ein Bier aus dem Kühlschrank. Ein Spaziergang zum Strand wäre jetzt genau das Richtige. Ich würde den Sonnenuntergang genießen und mir überlegen, wie ich der Wahrheit auf die Spur kommen konnte, ohne Papa in Verruf zu bringen.

Die Türklingel ertönte.

Konstantin, schoss es mir durch den Kopf. Er hat sich doch auf den Rückweg gemacht! Unsinn, zerstörte mein Verstand sofort die aufkeimende Hoffnung, er müsste schon fliegen können, um so schnell hier zu sein. Außerdem hatte er einen Schlüssel. Trotzdem klopfte mein Herz heftig, als ich die Tür öffnete.

»Klaas«, sagte ich überrascht. »Willst du hier einziehen?«

Mein Ex-Freund stand mit einem riesigen Rucksack vor mir.

»Hi Nele, kann ich reinkommen?«

»Wenn du vorhast, wieder zu gehen«, erwiderte ich mit hochgezogenen Brauen und hielt ihm die Tür mit einer einladenden Geste auf.

»Versprochen«, sagte er grinsend und trat ein. Sein Blick fiel auf meine gepackte Strandtasche. »Wolltest du gerade ans Meer?«

»Ach, nur ein Bier am Strand trinken«, sagte ich. »Kann ich aber genauso gut auf der Terrasse machen. Magst du auch eins?«

»Gerne.«

Ich holte das Bier aus der Tasche, nahm ein weiteres aus dem Kühlschrank und reichte es Klaas.

»Öffner ist draußen«, sagte ich. »Komm.«

»Schön habt ihr's hier«, sagte Klaas.

Wir setzten uns in die Hollywoodschaukel und genossen ein paar Augenblicke schweigend die Aussicht. Es freute mich, dass das möglich war. Wir konnten ohne Groll nebeneinandersitzen, ein Bier trinken und obwohl wir nichts sagten, standen keine unausgesprochenen Worte zwischen uns. Noch vor wenigen Wochen wäre das undenkbar gewesen, aber unsere Aussprache hatte alles geändert.

»Wo ist Konstantin?«, fragte Klaas schließlich.

»Hat sich das noch nicht herumgesprochen? Er ist in der Schweiz.« Normalerweise konnte man auf Timmeritz keinen Schritt tun, ohne dass nach kurzer Zeit die ganze Insel darüber Bescheid wusste.

»Ich habe in letzter Zeit nicht viel mitbekommen«, gab Klaas zu.

»Er recherchiert für seinen neuen Roman«, erklärte ich.

»Wird bestimmt wieder ein Bestseller. Hab ›Mein Land in deinen Händen gelesen‹. Geht echt unter die Haut.« Klaas nippte an seinem Bier und starrte auf den Horizont.

»Bist du hier, um mit mir über Konstantins Bücher zu sprechen?«, fragte ich.

Klaas schüttelte den Kopf. »Nein, natürlich nicht. Ich bin gekommen, um mich zu verabschieden. Und weil ich dir etwas geben möchte.«

»Verabschieden?« Ich sah ihn mit großen Augen an. Klaas gehörte zu Timmeritz wie der Leuchtturm und die Inselbackstube.

»Ich gehe auf Reisen. Seit meine Ehe mit Jette zerbrochen ist, fühlt sich Timmeritz nicht mehr wie eine Heimat, sondern wie ein Gefängnis an.«

»Das tut mir leid.« Ich schenkte ihm einen mitfühlenden Blick.

»Muss es nicht. Ehrlich gesagt bin ich mittlerweile froh, dass es so gekommen ist. Ich war schon lange unglücklich. Jetzt kann ich ein neues Leben beginnen.«

»Wo führt die Reise hin?«

»Keine Ahnung. Ich lasse mich treiben. In diesem Rucksack steckt alles, was ich brauche. Wenn mir das

Geld ausgeht, arbeite ich als Erntehelfer oder in der Gastronomie. Irgendetwas findet sich immer.«

»Mutig«, sagte ich.

Klaas griff nach seinem Rucksack und holte einen rechteckigen Gegenstand heraus. Es war ein gerahmtes Bild von ihm und meinem Vater. Sie standen Arm in Arm vor einem Segelboot und grinsten um die Wette.

»Das habe ich beim Zusammenpacken meiner persönlichen Sachen gefunden. Ich dachte mir, dass du es vielleicht haben möchtest. Hanno war ein toller Kerl. Das meiste, was ich übers Segeln weiß, hat er mir schon als kleines Kind beigebracht.«

Ich spürte, wie mir die Tränen in die Augen stiegen. Eine davon tropfte auf die Glasscheibe, direkt auf Papas Kopf. Hastig wischte ich darüber.

»Hey, Nele. Was ist los?« Klaas sah mich besorgt an. »Ich dachte, du freust dich über das Bild. Ich hätte nicht gedacht …«

»Schon gut.« Ich machte eine unwirsche Handbewegung und schluckte ein paar Mal schwer. Aber es half nichts. Ich begann zu heulen wie ein kleines Kind.

»Oh, je. Komm her.« Klaas nahm mich in die Arme.

Ich legte meinen Kopf an seine Schulter und ließ meiner Verzweiflung freie Bahn. Einige Minuten verbrachte ich schluchzend und wimmernd, ohne einen geraden Satz formulieren zu können. Als ich mich endlich ein wenig gefasst hatte, war Klaas' Hemd an der Schulter durchnässt und sein Gesichtsausdruck ziemlich ratlos.

»Alles in Ordnung?«, fragte er mich vorsichtig.

»Nein.« Ich schüttelte den Kopf. »Gar nichts ist in Ordnung. Papa war vielleicht ein Mörder.«

»Was sagst du da?« Klaas setzte sich mit einem Ruck aufrecht hin und sah mir fest in die Augen. »Wie kommst du denn darauf?«

Ich erzählte ihm die ganze Geschichte. Als ich geendet hatte, schüttelte er aufgebracht den Kopf.

»Nein. Niemals. Hanno war nicht depressiv. Und er hat Henny, Torben und dich abgöttisch geliebt. Er wäre nicht in der Lage gewesen, euch Schmerz zuzufügen.«

»Du warst ein Kind, als der Unfall passierte. Genau wie wir. Woher willst du das so genau wissen?«, fragte ich.

»Vergiss nicht, ich bin ein paar Jahre älter als du. Und ich habe viel Zeit mit deinem Vater auf dem Meer verbracht. Auf einem Segelboot, den Naturgewalten ausgeliefert, lernt man einen Menschen sehr schnell sehr gut kennen. Ich kann Edis Sorgen verstehen. Aber ich lege meine Hand für Hanno ins Feuer. Ich schwöre dir, Nele, diesen Kummer machst du dir ganz umsonst. Rede mit Piet. Keiner auf Timmeritz weiß mehr über das Segeln als er. Er wird meine Einschätzung bestätigen.«

»Piet Landgreve? Den hab ich schon ewig nicht mehr gesehen.«

»Hat Probleme mit seinem Bein. Die verdammte Raucherei. Aber geistig ist er topfit. Fahr zu ihm. Er freut sich immer über Besuch.«

»Danke. Das werde ich tun.« Ich schenkte Klaas ein Lächeln. Er nahm mich ernst. Das tat mir gut. Ich griff nach seiner Hand. »Wenn du irgendwann auf deiner Reise Probleme hast und Hilfe brauchst, melde dich bei mir. Wenn ich dir helfen kann, werde ich es tun.«

»Das ist lieb von dir, danke. Ich hoffe, dass ich nicht darauf zurückkommen muss.« Klaas grinste schief.

»Das hoffe ich auch. Ich wünsche dir eine wunderschöne Zeit.«

Wir stießen unsere Bierflaschen aneinander und starrten in stiller Eintracht über die Dünen aufs Meer. In diesem Moment war ich ein bisschen neidisch auf Klaas. Einfach weggehen, alles hinter sich lassen – ein verlockender Gedanke. Aber ich hatte schon einmal den Fehler gemacht vor der Vergangenheit zu flüchten, anstatt mich ihr zu stellen. Ich würde diesen Fehler nicht wiederholen.

14

»Hey, Nele, warte.« Claudine lief zu mir, als ich gerade auf mein Fahrrad steigen wollte.

Ich hatte den Arbeitstag heute mehr schlecht als recht hinter mich gebracht.

Nachdem Klaas gestern Abend gegangen war, hatte ich überlegt, noch zu Piet zu fahren, es aber bleiben lassen. Er war ein alter, kranker Mann. Es gehörte sich nicht, ihn so spät und ohne Vorwarnung zu belästigen. Also war ich ins Bett gekrochen und hatte versucht, zu schlafen, was mir leider nicht gelungen war.

Um ein Uhr morgens hatte ich verzweifelt aufgegeben, mich unter die Dusche geschleppt und danach einen doppelten Espresso in mich hineingeschüttet. Noch vor Torben und Phipps war ich in der Backstube gewesen. Jetzt war Mittag und ich wollte mich nur noch auf der Couch zusammenrollen, die Augen schließen und wenigstens ein Stündchen oder zwei wegdösen.

»Was ist?«, fragte ich Claudine. »Oder besser gesagt: Egal, was es ist, kann es bis heute Nachmittag warten?«

»Nein.« Claudine schüttelte den Kopf. »Ich mache mir Sorgen. Um dich. Du warst gestern schon so komisch und auch heute läufst du herum wie ein Gespenst. Da stimmt doch was nicht.«

»Ach, mach dir keinen Kopf«, sagte ich leichthin.

»Glaub mir, über die Jahre hat mein Körper so etwas wie ein Katastrophenradar entwickelt. Und in deiner Nähe schlägt es lautstark Alarm.« Claudine sah mich mit geneigtem Kopf und zusammengekniffenen Augen an.

»Ich brauch nur 'ne Mütze Schlaf.« Ich stieg auf mein Rad und winkte Claudine zu.

Sie brummte etwas, das ich nicht verstand.

Zu Hause legte ich mich auf die Couch und schlief auf der Stelle ein. Es war ein tiefer, traumloser Schlaf, der jäh von der Klingel unterbrochen wurde. Benommen setzte ich mich auf und strich mir die zerzausten Haare aus dem Gesicht.

Hatte ich geträumt?

Es schellte erneut.

Anscheinend nicht. Ächzend rollte ich mich von der Couch. Ich fühlte mich, als wäre ich aus einem hundertjährigen Schlaf erwacht. Dabei war es erst kurz nach fünf. Total verknittert stakste ich zur Tür.

»Claudine«, sagte ich matt.

»Kann ich reinkommen?«

Ich schielte auf die Vorratsdosen in ihren Händen.

»Was wird das?«

»Ein kleiner Snack.« Sie drückte sich an mir vorbei in den Gang und marschierte zielstrebig in die Küche.

»Ich habe keinen Hunger«, sagte ich.

Claudine wühlte im Schrank und nahm eine Servierplatte aus weißem Porzellan heraus.

»Der Appetit kommt beim Essen«, sagte sie resolut und richtete die mitgebrachten Antipasti an.

Mit einer Flasche Wasser, Geschirr und Besteck setzten wir uns auf die Terrasse.

»So, und jetzt erzähl«, forderte mich Claudine auf.

»Es gibt nichts zu erzählen«, wehrte ich ihren Vorstoß ab. Um Zeit zu gewinnen, lud ich Antipasti auf meinen Teller. Ich wusste, Claudine würde nicht so schnell lockerlassen.

»Ich glaube dir nicht. Seit du Edis Wohnung ausgeräumt hast, bist du total seltsam. Wenn du nicht möchtest, dass ich dort einziehe, ist das vollkommen okay. Aber du musst mit mir reden.« Claudine sah mich eindringlich an.

»Ach, daher weht der Wind«, erwiderte ich erleichtert. »Keine Sorge, du kannst wirklich gerne in Omas Wohnung ziehen. Es ist völlig in Ordnung für mich.«

»Nele.« Claudines Stimme hatte einen drohenden Unterton.

»Hm?« Ich schob mir eine Olive in den Mund.

»Bitte, lass dieses Theater. Du musst mich nicht schonen und du musst auch keine Geheimnisse vor mir haben. Auf Timmeritz kommt doch früher oder später sowieso alles raus.«

Ich dachte an Klaas und Jette, an Trude und Sarah und an das Tagebuch meiner Großmutter.

»Manche Sachen erst ziemlich spät«, sagte ich.

»Um was geht es?«, blieb Claudine beharrlich.

»Um meinen Vater. Und den Unfall, bei dem meine

Eltern gestorben sind.« Ich trank einen Schluck Wasser und erzählte erneut die Geschichte vom Tagebuch im Kleiderschrank, den herausgerissenen Seiten und den schockierenden Vermutungen von Edi.

»Was für eine unglaubliche Geschichte«, sagte Claudine. »Ich verstehe, dass du vollkommen neben der Spur bist.«

»Da bist du die Einzige. Alle sagen, Oma hatte Hirngespinste und ich soll die Sache vergessen.«

»Verständlich. Die meisten Menschen haben genug Probleme in der Gegenwart. Da will man sich nicht auch noch mit den düsteren Kapiteln der Vergangenheit beschäftigen.«

»Torben verschließt mal wieder die Augen. Das macht er immer so. Er meint, Papa und Mama haben uns geliebt. Das reicht.«

»Vielleicht tut es das auch für ihn«, sagte Claudine. »Jeder geht anders mit Schicksalsschlägen um.«

»Wenn man etwas einfach ignoriert, kann man das wohl kaum als Problembewältigung bezeichnen.«

»Doch. Für manche ist es sogar der einzige gangbare Weg. Weil sie vielleicht nicht die Kraft haben, eine Tragödie an sich heranzulassen.« Claudine lächelte mich mitfühlend an.

»Mehr als Torbens Sicht auf die Dinge schmerzt mich Konstantins Gleichgültigkeit. Er bleibt lieber in der Schweiz, als mir beizustehen.«

»Deswegen geht es dir so schlecht.« Claudine strich mir über den Arm.

»Ich fühle mich total bescheuert deswegen«, gab ich zu. »Ich wollte nie so ein unselbstständiges Weibchen sein, das beim kleinsten Problem die Unterstützung ihres Partners braucht.«

»Na hör mal, hier handelt es sich doch nicht um ein kleines Problem«, sagte Claudine.

»Lieb, dass du das sagst. Ich komme mir einfach so einsam vor. Die letzten zehn Jahre waren teilweise echt hart. Und jetzt hätte ich einen starken Mann an meiner Seite und bin trotzdem allein.« Ich zuckte hilflos mit den Schultern.

»Du bist nicht allein. Ich bin hier. Und ich werde dir dabei helfen, die Wahrheit herauszufinden«, sagte Claudine.

»Das musst du nicht. Aber ich weiß deinen Beistand wirklich zu schätzen. Trotzdem ändert das nichts an Konstantins Verhalten.«

»Das stimmt. Aber wenn du mit Konstantin zusammensein willst, musst du akzeptieren, dass er Schriftsteller ist. Das ist kein Beruf, bei dem man um fünf nach Hause kommt und Feierabend macht.«

»Das ist mir schon klar. Aber …«

»Nein, kein *Aber,* Nele.« Claudine sah mir fest in die Augen. »Konstantin lebt für seine Geschichten und für das Schreiben. Es ist ein Teil von ihm. Du musst akzeptieren, dass dieser Mann nie ganz dir gehören wird. Ein Teil seines Herzens wird immer für seine Kunst reserviert sein. Wenn du damit nicht zurechtkommst, wirst du mit ihm nicht glücklich werden.«

»Ehrliche Worte«, murmelte ich.

»Natürlich. Was anderes wirst du von mir auch nicht hören«, sagte Claudine. »Konstantin ist ein toller Mensch. Aber seine Seele ist die eines Künstlers.

Manchmal ist ihm sein Werk wichtiger als alles andere. Diese Erfahrung kann sehr schmerzhaft sein.«

»Das klingt, als hättest du sie selbst gemacht.«

»Oh ja, das habe ich. Mehr als einmal. Aber für mich war es leichter. Konstantin und ich haben keine Beziehung geführt.«

»Ich liebe ihn«, sagte ich. »Ich liebe ihn so sehr, wie ich noch nie einen Mann geliebt habe. Und Macken haben wir schließlich alle, nicht wahr?« Ich lächelte gequält.

»Du weißt, dass das Wort Macken dem nicht gerecht wird«, sagte Claudine. »Du musst dir darüber klar werden, ob du mit Konstantins Charakter auf Dauer zurechtkommst. Er wird dir den Himmel auf Erden holen – nur um dann plötzlich für zwei Monate zu verschwinden, weil er in Ruhe an einem Roman arbeiten muss. Er wird dich immer in seinem Herzen tragen, aber physisch wird er manchmal abwesend sein.«

»Genau das macht ihn ja so besonders. Diese Unabhängigkeit. Die Freiheit, auch in seinem Denken. Konstantins Stärke rührt zu einem großen Teil daher, dass er sehr gut allein sein kann. Er braucht nichts und niemanden, weil er ein unerschöpfliches Reich an Fantasie und Gestaltungswillen in sich trägt«, sagte ich.

»Trotzdem ist er eine treue Seele. Und er verschenkt sein Herz nicht leichtfertig«, sagte Claudine. »Er wird dir helfen, die Wahrheit ans Licht zu bringen, da bin ich mir sicher. Und bis er wieder da ist, versuchst du selbst, so viel wie möglich herauszufinden. Wie gesagt, wenn du Unterstützung brauchst, bin ich jederzeit für dich da.«

»Danke. Das bedeutet mir viel.« Ich fiel Claudine um den Hals.

»Hey, das ist doch selbstverständlich«, erwiderte sie lachend. Schließlich löste sie sich aus der Umarmung und sah mich ernst an. »Ich verstehe übrigens, wenn du unter den gegebenen Umständen die Party absagen willst. Mir wäre an deiner Stelle auch nicht nach Feiern zumute.«

»Nein, das kommt nicht infrage. Die Party morgen findet statt«, widersprach ich.

»Okay, wie du meinst. Aber dann lass dir jetzt wenigstens im Haus helfen. Ich habe gesehen, dass es noch einiges zu tun gibt.« Claudine stand auf.

Schnell steckte ich mir ein Zucchiniröllchen in den Mund. Auf einmal spürte ich neuen Lebensmut, die Kraft strömte zurück in meine Glieder. Ich würde versuchen, die Wahrheit über meinen Vater herauszufinden. Aber mein Lebensglück hing nicht davon ab. Denn in dieser Hinsicht hatten Marga und Torben durchaus recht: Ich sollte mich auf die Zukunft konzentrieren, nicht auf die Vergangenheit.

15

Claudine und ich hatten gestern im Haus ganz schön geschuftet, aber das Ergebnis konnte sich sehen lassen. Klar, im Obergeschoss gab es noch viel zu tun, aber da die Party heute vor allem im Garten stattfinden würde, war das nicht so wichtig.

Ich trug gerade Gläser, Geschirr und Servietten nach draußen. Eigentlich hatte ich vorgehabt, vor der Party Piet Landgreve einen kurzen Besuch abzustatten, aber das musste ich auf morgen verschieben. In der Backstube war die Hölle los gewesen und jetzt war es schon verdammt spät. Ich hatte genug damit zu tun, den Tisch zu decken, ein paar Blumen zu verteilen, gekühlte Getränke bereitzustellen und alles hübsch zu machen. Das Essen brachten ja zum Glück die Gäste mit, sodass ich damit keine Arbeit hatte.

Als Erstes kam Torben mit dem VW-Bus angeknattert. Er hatte eine riesige Ladung Brötchen, Brezen und süße Teilchen dabei.

»Ach, herrje, wer soll denn das alles essen?« Ich schlug die Hände über den Kopf zusammen.

»Keine Ahnung. Gretchen hat das zusammengepackt und gemeint, das muss so.« Torben zuckte die Schultern.

Ich wusste genau, was er damit ausdrücken wollte: Bevor er mit Gretchen zu diskutieren begann, nahm er die Sachen lieber ohne Widerrede mit. Da er ein Mann war, sprach sie ihm jedes Urteilsvermögen bezüglich der zu bereitstellenden Essensmenge bei Partys ab. So einfach war das. Männer mähten den Rasen, stellten sich an den Grill und kümmerten sich um das Bier. Den Rest erledigten die Frauen.

Ich stimmte dieser antiquierten Sicht der Dinge nicht zu, aber sah auch keinen großen Sinn darin, mich dagegen aufzulehnen. Die ältere Generation hatte ihre Ansichten, wir hatten unsere. Damit ließ sich wunderbar zurechtkommen, wenn man ein bisschen Toleranz und Nachsicht übte.

Torben nahm sich ein Bier aus dem Eimer mit Eiswürfeln und setzte sich in die Hollywoodschaukel, die ein herzzerreißendes Quietschen von sich gab.

»Ihr werdet im Herbst, wenn die Stürme kommen, eine Menge Sand von der Terrasse fegen müssen«, sagte Torben. »Aber die Aussicht ist es wert.«

»Finde ich auch.« Ich ließ mich neben ihn auf die Schaukel fallen und genoss den Blick aufs Meer.

»Sabine und Norah kommen nun doch schon morgen«, sagte Torben unvermittelt.

Normalerweise war die Anreise erst für Mittwoch geplant gewesen, weil Sabine gerne ein bisschen Zeit gehabt hätte, ein paar liegen gebliebene Sachen zu erledigen.

»Und Tilo?«

»Der auch«, setzte Torben widerwillig hinzu. »Norah quengelt anscheinend ununterbrochen und sieht überhaupt nicht ein, dass sie bis Mittwoch warten soll.«

»Na ja, kein Stress. Wir haben die Ferienwohnung ja sowieso ab morgen geblockt.« Ich nahm Torben die Bierflasche aus der Hand und trank einen Schluck. »Ich freue mich, dass sie früher kommen.«

»Tilo könnte meinetwegen gerne in Düsseldorf bleiben.«

»Tja, mein Lieber. Damit wirst du dich arrangieren müssen.« Grinsend gab ich ihm das Bier zurück. »Und wenn du mir schon so schlaue Tipps gibst, dass ich mich auf die Zukunft konzentrieren soll, solltest du dich vielleicht selbst daran halten.«

»Ich weiß nicht, worauf du hinauswillst«, brummte Torben.

»Oh doch, Bruderherz. Das weißt du sehr wohl. Ich sag nur Claudine.«

»Und ich sag nur: Lukas. Jung. Attraktiv. Tierarzt. Dagegen komme ich nicht an.«

»Sag mal, hast du eigentlich Augen im Kopf?« Ich rempelte meinen Bruder mit dem Ellbogen an.

»Natürlich habe ich das. Genau deswegen ist mir auch nicht entgangen, wie gut meine Konkurrenz aussieht.«

»Aber anscheinend verfügst du über ein eingeschränktes Sichtfeld«, sagte ich mit hochgezogenen Augenbrauen.

Von der Straße drangen Stimmen und Hundegebell. Das mussten Emma, Günni und Cookie sein. Mir blieb keine Zeit, Torben zu erklären, warum diese Party heute stattfand.

Ich ging zur Gartenpforte und begrüßte meine Freunde. Cookie sprang an meinen Beinen hoch und wedelte mit dem Schwanz.

»Aus, Cookie«, sagte Günni. »Hochspringen ist pfui. Komm her. Sitz. So ist es fein.« Er steckte dem Wuschel ein Leckerli zu.

Cookie verdrückte das Ding, galoppierte zu mir und sprang wieder an meinen Beinen hoch.

»Erstklassige Erziehung«, sagte ich lachend, kraulte den zotteligen Kopf des kleinen Mischlings und bat Emma und Günni ins Haus.

»Schön, schön, schön«, rief Emma begeistert. »Der Boden ist echt ein Traum. Und die Treppe! Ich finde, dieses alte Holz lebt einfach. Es strahlt so eine Wärme und Wohnlichkeit aus – fantastisch.«

»Günni, jetzt gib mir mal den Nudelsalat, geh nach draußen und nimm dir ein Bier. Torben ist auch schon da«, sagte ich und nahm ihm die Schüssel aus der Hand.

Er lächelte mich erleichtert an und verzog sich auf die Terrasse. Ich zog Emma in die Küche und stellte die Salatschüssel ab.

»Das mit euch, das ist echt ernst, oder?«, fragte ich grinsend.

Meine Freundin hielt es normalerweise nicht länger als zwei Wochen mit einem Kerl aus, aber mit Günni an ihrer Seite, strahlte sie noch immer so verliebt wie am ersten Tag.

»Stell dir vor, morgen kommt sogar seine Mutter Herta zu Besuch. Sie will Timmeritz unbedingt kennenlernen.«

»Hui, ich hör schon die Hochzeitsglocken läuten«, scherzte ich.

»Ja, warum nicht«, erwiderte Emma. »Günni ist der Richtige für mich. Da bin ich absolut sicher.«

»Ich glaube, ich träume«, sagte ich lachend und fiel meiner Freundin um den Hals. »Ich freu mich für dich.«

»Jetzt müssen wir nur noch Laura unter die Haube bringen«, sagte Emma. »Wo bleibt die Gute eigentlich? Sie ist doch sonst immer überpünktlich?«

Genau in diesem Moment ertönte die Türklingel.

»Das wird sie sein. Geh du ruhig auf die Terrasse, wir kommen dann gleich nach.« Ich ging zur Haustür und stand Laura gegenüber.

»Hi, schön, dass du da bist«, sagte ich. Die Umarmung musste ich ausfallen lassen, weil Laura mit zwei großen Platten vor mir stand.

»Im Auto sind noch mal zwei«, sagte sie mit einem schiefen Grinsen.

»Ich habe definitiv zu wenig Leute für die Menge an Essen eingeladen.« Ich nahm Laura eine Platte aus der Hand und lotste sie auf die Terrasse. »Nimm dir schon mal was zu trinken, mach's dir gemütlich, fühl dich wie daheim. Ich hole inzwischen den Rest.«

»Quatsch, ich helfe dir«, sagte Laura.

»Nein, das tust du nicht. Du hast schon die ganze Arbeit mit der Zubereitung gehabt.« Ich schob meine Freundin zu den anderen Gästen und machte mich auf den Weg zu ihrem Auto.

Ich hörte das laute Wummern eines Basses. Das konnte nur heißen, dass Fiete und Phipps im Anmarsch waren. Ich lief den schmalen Weg zur Gartenpforte und spähte über die Büsche. Fietes Trecker tuckerte den Schotterweg entlang, dahinter erspähte ich den Geländewagen von Dr. Bach. Den hatte sich bestimmt Lukas ausgeliehen, und Claudine hatte er auch gleich mitgebracht.

Wunderbar, dann waren wir jetzt komplett.

Es gab ein kurzes Durcheinander bei der Begrüßung, dann machten wir uns bewaffnet mit dem Essen aus Lauras Auto und einer riesigen Schüssel Bowle auf den Weg zur Terrasse. Lukas kannte das Haus natürlich noch nicht und blieb beeindruckt im Eingangsbereich stehen.

»Was für ein Schmuckstück«, schwärmte er. »Genau so ein Haus hätte ich auch gerne.« Claudine, Phipps und Fiete gingen schon mal nach draußen, während ich Lukas das Erdgeschoss zeigte.

»Es war wirklich reines Glück, dass wir das Haus bekommen haben. Der Vorbesitzer hat ein riesiges Herz und will, das Timmeritz in den Händen von Timmeritzern bleibt und nicht zu einem zweiten Sylt verkommt.«

»Schön, dass es noch solche Menschen gibt«, sagte Lukas. »Ein Investor hätte bestimmt einen Haufen Geld für diese Lage hingeblättert.« Wir standen im Wohnzimmer und bewunderten die Aussicht.

»Wo wohnst du eigentlich?«, fragte ich.

»Momentan noch bei Dr. Bach im Gästezimmer. Auf Dauer kann das natürlich nicht so bleiben. Aber die Suche nach etwas Eigenem wird nicht leicht, das habe ich schon gemerkt.«

»Oh ja, das stimmt. Vor allem, wenn du auch noch Räume für die Praxis brauchst.«

»Dr. Bach würde mir seine Räumlichkeiten weiterhin zur Verfügung stellen. Nur wohnen kann ich dort leider nicht. Na ja, es wird sich alles schon irgendwie ergeben. Ich bin nicht besonders anspruchsvoll.«

»Erzähl so vielen Leuten wie möglich davon, dass du eine Bleibe suchst. Auf diese Art findest du am leichtesten etwas. Der offizielle Immobilienmarkt ist vollkommen überteuert.«

»Danke für den Tipp.« Lukas lächelte mich an.

Er ist wirklich attraktiv, dachte ich. Und nett noch dazu. Kein Wunder, dass Torben ihn als Konkurrenten wahrnahm.

»So, jetzt haben wir aber lange genug hier drinnen gestanden«, sagte ich. »Wir sollten zusehen, dass wir uns auch ein Gläschen von Fietes teuflischer Bowle genehmigen. Sonst sind wir die einzigen Nüchternen unter lauter Betrunkenen.«

»Kein erstrebenswerter Zustand«, sagte Lukas. »Obwohl, ich muss noch fahren.«

»Später«, sagte ich und schob ihn auf die Terrasse.

Ich stellte Lukas der Runde vor. Cookie kam sofort angaloppiert, um den Fremden zu begutachten. Nach einem skeptischen Schnuppern war er der Überzeugung, dass keine Gefahr von ihm ausging und rollte sich wieder unter Günnis Stuhl zusammen. Emma reichte Lukas die Hand und plapperte irgendetwas Lustiges vor sich hin. Doch Laura wirkte wie zur Salzsäule erstarrt. Mit leicht geöffnetem Mund und geröteten Wangen starrte sie Lukas an.

Oh je, da hat sich jemand schockverliebt, dachte ich.

Laura schaffte es immerhin, ein paar Worte zur Begrüßung zu stammeln, aber die Verwirrung stand ihr ins Gesicht geschrieben. Lukas bemerkte jedoch nichts davon, und falls er es doch tat, war er Gentleman genug, um es sich nicht anmerken zu lassen.

Schließlich setzte er sich neben Claudine und begann mit ihr ein Gespräch. Laura wirkte erleichtert und enttäuscht zugleich.

»Was macht ihr eigentlich beim Inselflohmarkt?«, fragte Emma in die Runde. »Habt ihr eure Dachböden und Keller schon durchforstet?«

Fiete winkte ab. »Keine Zeit für diesen Schwachsinn. Ich muss mich um die Tiere und die Felder kümmern.«

»Dein Dachboden wäre aber eine Schatzgrube«, sagte Phipps. »Und die Scheune erst. Da stehen Sachen rum, die sind bestimmt noch vom Ersten Weltkrieg oder so.«

»Inselflohmarkt?«, fragte Lukas. »Was darf ich mir darunter vorstellen?«

»Im Grunde ist es das gleiche Prinzip wie die Weihnachtsmeile, nur im Sommer. Jeder, der Lust hat, meldet sich an und bekommt eine goldene Nummer. Dann kann er ein Wochenende lang einen Stand aufstellen und seinen alten Krempel verkaufen. Oder Kartoffelsalat. Oder worauf er eben Lust hat«, erklärte Emma.

»Klingt lustig«, sagte Lukas.

»Ist es auch. Am Flohmarktwochenende platzt die Insel fast vor Besuchern, aber die Stimmung ist genial. Machst du mit, Nele?« Emma sah mich neugierig an.

»Klar. Wir haben doch die Scheune für die Alpakas

ausgemistet. Da sind so einige Sachen ans Tageslicht gekommen, für die wir keine Verwendung mehr haben.«

»Wann findet der Flohmarkt denn statt?«, fragte Lukas.

»Nächstes Wochenende. Von Freitag bis Sonntag. Falls du Hausbesuche bei Patienten machen musst, solltest du viel Zeit einplanen. Oder gleich mit dem Rad fahren«, sagte Emma.

»Vorerst steht mir Dr. Bach ja noch bei. Er ist mit den Gepflogenheiten der Insel sicherlich bestens vertraut.« Lukas trank einen Schluck Bowle und zog die Augenbrauen nach oben. »Wow. Ich sehe schon, hier weht ein rauerer Wind als auf dem Festland.«

»Das Inselleben ist nichts für Weicheier«, sagte Fiete grinsend und kippte sich den Rest seines Glases hinter die Binde, nur um sich gleich nachzuschenken. »Phipps fährt zurück«, fügte er hinzu, als er Lukas erschrockenen Blick bemerkte.

Mit der Zeit wurde die Runde immer lustiger. Es wurde getrunken, gegessen und gelacht. Und Lukas legte sich ganz schön ins Zeug, um Claudine zu gefallen. Diese jedoch machte höflich, aber bestimmt klar, dass sie an mehr als an einer Freundschaft nicht interessiert war.

Torben beobachtete das Spielchen mit zusammengekniffenen Augen und nach unten gezogenen Mundwinkeln. Am liebsten hätte ich ihm einen Tritt gegeben, damit er endlich aus seiner Lethargie erwachte und Claudine bei der nächsten passenden Gelegenheit gestand, was er für sie empfand. Aber so, wie ich meinen Bruder kannte, würde er lieber drei Tage am Stück Sauerteig kneten, als über seine Gefühle zu sprechen.

Es war schließlich Claudine, die mich überraschte. Torben erhob sich bereits um kurz vor neun und verkündete, dass er nun heimgehen und sich hinlegen wollte. Verständlich, sein Tag begann meist schon vor drei Uhr morgens. Claudine stand ebenfalls auf.

»Für mich ist es auch besser, zu gehen«, sagte sie. »Danke, für den schönen Abend, Nele.«

Lukas schaute verdutzt aus der Wäsche, während sich seine Angebetete bei Torben unterhakte. Auch Torben wirkte verwirrt, allerdings hatten sich seine Mundwinkel etwas nach oben bewegt.

Ich brachte die beiden zur Tür und verabschiedete mich. Lachend stiegen sie in den VW-Bus. Sie wirkten vertraut miteinander, und trotzdem knisterte die Luft zwischen ihnen vor lauter unerfüllter Erwartungen.

Sie wären so ein schönes Paar, dachte ich. Wenn sie doch endlich über ihren Schatten springen würden.

16

Sabine, Norah und Tilo hatten ihre Ankunft für achtzehn Uhr angekündigt. Die Ferienwohnung hatte ich gleich hergerichtet, nachdem die Gäste heute Morgen abgereist waren. Norah würde wie immer in ihrem Zimmer bei Torben im Haus wohnen, auch dort hatte ich das Bett frisch bezogen und später würde ich noch Blumen für den Nachttisch besorgen. Obwohl es gestern Abend ganz schön spät geworden war, fühlte ich mich kein bisschen müde.

Die Aussicht, gleich mit Piet Landgreve zu sprechen, putschte mich regelrecht auf. Ich warf einen Blick auf die Uhr. Kurz nach drei. Ich hatte noch genug Zeit, bis ich wieder bei der Inselbackstube sein musste, um Sabine samt Anhang zu begrüßen.

So fest ich konnte, trat ich in die Pedale. Piet wohnte in einem kleinen Kapitänshäuschen etwas abseits von Malsund. Er war ein Inselgewächs wie es im Buche stand. Auf Timmeritz geboren und aufgewachsen, viele Jahre zur See gefahren, immer draußen gewesen. Mit seiner wettergegerbten Haut und dem struppigen Haar glich er einer vom Wind zerzausten, schiefen Kiefer, die stur und stolz, wenngleich etwas mitgenommen, den Widrigkeiten des Lebens trotzte.

Mit der rechten Faust klopfte ich fest gegen die Tür, in der anderen Hand eine Tüte mit Leckereien aus der Inselbackstube.

Es dauerte nicht lang, dann ertönte Piets knarzige Stimme.

»Herein«, bellte er, gefolgt von einem Hustenanfall.

Ich trat in das Häuschen, in dem mich eine dichte Rauchwolke empfing. Es gab keinen Vorraum oder dergleichen, man stand sofort in der Küche. Piet saß in einem alten Sessel, der mindestens genauso mitgenommen aussah wie er selbst. Abgeschabter Stoff, an manchen Stellen aufgeplatzt, Schaumstoff quoll heraus. Piets rechtes Bein war verbunden und hochgelagert, ansonsten schien es ihm gut zu gehen, soweit ich das in dem Dunst erkennen konnte.

»Moin, Piet, ich mach mal ein Fenster auf«, sagte ich.

»Ja, das kann nicht schaden«, pflichtete er mir bei und stieß eine erneute Rauchwolke aus.

Ich zog mir einen Stuhl heran.

»Hab dir was aus der Inselbackstube mitgebracht.« Ich hob die Tüte in die Luft und legte sie auf die Arbeitsplatte der Küche. Dann setzte ich mich zu ihm.

»Danke.« Er verzog seine Lippen zu einem schiefen Lächeln. »Hanni sagt immer, ich soll mal lieber mehr essen als rauchen, aber …« Er beendete den Satz mit einem keckernden Lachen, das in einem erneuten Hustenanfall endete.

»Kümmert sich Hanni um dich?« Hanni war eine rüstige Witwe aus Malsund, die früher als Krankenschwester gearbeitet hatte und nun allerhand Betreuungsaufgaben in der näheren Umgebung übernahm. Egal ob Babysitten, Katze versorgen oder alleinstehende Männer pflegen – Hanni war immer die richtige Ansprechpartnerin.

»Kümmern ist gut gesagt. Sie quält mich mit gymnastischen Übungen, versteckt meine Zigaretten und stellt gesunde Sachen in den Kühlschrank. Und ich kann mich nicht wehren.«

»Immerhin sorgt sie anscheinend dafür, dass dein Bein nicht abfällt«, sagte ich und deutete auf den Verband.

»Ach, das olle Ding.« Piet winkte ab. »Wenn das nicht bald besser wird, schneid ich es selber ab.«

»Ich weiß nicht, ob das so eine gute Idee ist«, gab ich zu bedenken.

»Aber ich weiß, was eine gute Idee ist.« Ein schelmisches Grinsen erschien auf Piets Gesicht. »Wir genehmigen uns einen kleinen Inselgeist. Geh mal durch ins Schlafzimmer, ganz hinten im Schrank. Muss ihn vor Hanni verstecken.« Er deutete auf die Schlafzimmertür, die direkt von der Küche abging.

Ich machte, was Piet von mir verlangte. Der eine Schnaps mehr oder weniger würde ihn jetzt auch nicht umbringen. Das Schlafzimmer war erstaunlich sauber, das Bett gemacht, die Kissen aufgeschüttelt. Ich fand die Schnapsflasche im Kleiderschrank hinter einigen Hutkartons.

»Sehr gut«, sagte er, als ich damit zurück in die Küche kam. »Für mich einen Doppelten, bitte.«

Ich schenkte uns ein und wir stießen die Gläser gegeneinander. Piet trank einen Schluck und ein seliges Lächeln breitete sich auf seinem Gesicht aus. Er schloss die Augen und schien seinen Erinnerungen nachzuhängen.

»Also, warum bist du hier?«, fragte er plötzlich.

»Es geht um den Unfall meiner Eltern«, erwiderte ich ohne Umschweife. Piet brauchte man nicht mit hohlem Geschwätz zu kommen, dagegen war er allergisch.

»1994 war das. Ich erinnere mich. Schlimme Sache.«

»Kannst du dir vorstellen, dass mein Vater gewusst hat, dass es Sturm geben wird? Dass er absichtlich rausgefahren ist?« Ich sah Piet eindringlich an.

Er griff nach der Zigarettenschachtel, schnippte mit dem Finger dagegen und steckte sich eine Kippe in den Mund.

»Ja.« Er nickte. »Das halte ich durchaus für plausibel.«

Was hatte Piet da gesagt? Ja? Er hielt es für plausibel?

Mein Herz begann heftig zu klopfen. Ich hatte fest damit gerechnet, dass er die Frage als Spinnerei abtun würde, und nun das. Seelenruhig gab er zu, dass mein Vater anscheinend lebensmüde gewesen war.

»Du glaubst, er wollte sterben?«, fragte ich fassungslos.

»Sterben?« Piet sah mich entgeistert an. »Wo denkst du hin, Nele. Er wollte nicht sterben, er wollte Spaß haben.«

Jetzt verstand ich gar nichts mehr.

»Spaß haben?«, wiederholte ich begriffsstutzig.

»Man merkt, dass du keinerlei Ahnung vom Segeln hast. Eine Schande.«

Ich warf Piet einen missbilligenden Blick zu. Immerhin waren meine Eltern bei diesem Sport ums Leben gekommen, da war es wohl kein Wunder, wenn ich nicht gerade eine Leidenschaft dafür entwickelt hatte.

»Am Wasser, da ist das Leben anders. Echter, bedeutungsvoller, aufregender«, erklärte der alte Mann. »Das Meer ist nicht dein Freund. Aber auch nicht dein Feind. Es *ist* einfach nur. Das pure Sein. Diese Erfahrung macht süchtig. Du willst mit den Elementen verschmelzen. Aber nicht nur, wenn sie brav vor sich hinplätschern, sondern auch dann, wenn sich die Natur von ihrer wilden, rauen Seite zeigt. Wenn sich die Wellen meterhoch vor dir auftürmen, dir der Regen ins Gesicht peitscht und dich der Wind fast von den Beinen fegt, dann fühlst du dich lebendig, das sag ich dir.« Begeistert kippte sich Piet den Rest des Schnapses hinter die Binde.

»Klingt wirklich verlockend«, sagte ich mit hochgezogenen Augenbrauen.

»Technik ist alles, der Sturm ist nichts«, fuhr Piet fort und wedelte mit seinem Schnapsglas. Ich schenkte ihm nach. Er war jetzt voll in Fahrt. »Großsegel wegreffen, Sturmfock setzen, beidrehen, beiliegen, vom Wind ablaufen, Treibanker über Heck ausbringen. Das musst du verinnerlichen, das muss sitzen. Mit dieser Technik kommst du durch jeden Sturm.«

»Aber mein Vater wusste das nicht?«, fragte ich, obwohl ich nur die Hälfte verstanden hatte.

»Doch, der ist gesegelt wie ein junger Gott.

Irgendwas Dummes ist da passiert. Aber was genau, das weiß der Teufel.«

»Könnte es sein, dass er sich absichtlich in die Lage gebracht hat, ich meine …«

»Wer die Gefahr sucht, wird darin umkommen?«, fiel mir Piet ins Wort und schüttelte den Kopf. »Glaube ich nicht. Ich meine, die Geschichte ist lange her und niemand wird dir sagen können, was wirklich passiert ist. Vielleicht hat das Unwetter deine Eltern überrascht, vielleicht sind sie absichtlich Segeln gegangen, weil sie ein bisschen Abenteuer erleben wollten. Egal. Aber ich lege die Hand dafür ins Feuer, dass dein Vater nicht leichtfertig gehandelt hat. Dazu hatte er viel zu viel Respekt vor dem Meer. Und vor deiner Mutter.« Piet lachte.

»Und wenn er sterben wollte?«, rutschte mir heraus, bevor ich mich zügeln konnte.

»Hanno? Niemals! Er hatte so viele Pläne, wollte noch so viel erleben. Das Schicksal hat ihm einen Strich durch die Rechnung gemacht. Ich weiß, das ist hart zu akzeptieren, aber deine Eltern haben einfach Pech gehabt. Da steckte kein Plan dahinter.«

»Was macht dich da so sicher?«, fragte ich.

Piet haute sich mit den Fingerknöcheln gegen die Stirn und lächelte. »Das spüre ich in meinen alten Seemannsknochen. Und jetzt lach mal wieder. Du hast dir ja einen tollen Kerl geangelt. Berühmter Autor, nicht wahr? Hab das Interview mit ihm vor ein paar Wochen im Inselboten gelesen. Scheint das Herz am rechten Fleck zu haben.«

»Ja, Konstantin ist toll«, sagte ich. »Er ist gerade in der Schweiz und recherchiert für seinen neuen Roman.«

»Klingt spannend. Erzähl mal ein bisschen. Und schenk uns noch mal ein. So jung wie heute kommen wir nicht mehr zusammen.« Piet keckerte.

Ich schnaufte resigniert.

Irgendwie hatte ich mir von diesem Besuch mehr erhofft. Oder sollte ich erleichtert sein? Immerhin hatte Piet Omas Theorie vehement widersprochen. Aber was hatte es dann mit Papas Depressionen auf sich? Wenn das so weiterging, würde ich es nie herausfinden. Vielleicht war es wirklich besser, die Sache einfach zu vergessen und mich auf die Zukunft zu konzentrieren.

17

»Hi Laura!« Ich betrat das *Blütenmeer* und begrüßte meine Freundin.

»Hey, Nele. Was für eine Überraschung!« Laura legte das Seidenband beiseite, mit dem sie gerade einen Blumenstrauß verziert hatte, und kam zu mir. »Danke für die tolle Party gestern. Es war echt ein schöner Abend. Was kann ich für dich tun?«

Ich überlegte einen Moment, ob ich Laura von meinem Besuch bei Piet erzählen sollte. Noch immer hatte ich meinen Freundinnen nichts von Edis Tagebuch und den schrecklichen Vermutungen über Papa erzählt, also entschied ich mich dagegen. Es fiel mir zwar unendlich schwer, meine besten Freundinnen nicht in das Drama einzuweihen, aber gleichzeitig wollte ich den Namen meines Vaters nicht durch den Dreck ziehen, seine Ehre nicht beschmutzen, so lächerlich und altmodisch das auch klingen mochte.

»Sabine, Norah und Tilo reisen heute an. Da wollte

ich noch ein paar Blumen für die Ferienwohnung und Norahs Zimmer besorgen«, sagte ich.

»Hast du bestimmte Vorstellungen?«, fragte Laura.

»Nein, ich vertraue dir wie immer voll und ganz. Du hast ein goldenes Händchen für die perfekte Blumendeko.«

»Ach, danke. Das sind mir die liebsten Kunden«, sagte Laura lachend und wuselte in ihrem Laden herum.

Sie schnappte sich hier eine Sonnenblume und dort eine Strandnelke, mischte Rosen, Artischockenblüten und allerlei Grünzeug.

»Ist das Dill?«, fragte ich verwundert.

»Ja. Hübsch, nicht?« Laura grinste.

»Erntest du deine Blumen jetzt schon in Wotans Gemüsegarten?«, scherzte ich. »Praktisch, dann brauche ich mich gar nicht mehr um das Abendessen zu kümmern.« Wotan war Lauras Vater und stolzer Besitzer der Inselgärtnerei, die Timmeritz mit bestem Biogemüse versorgte.

Wir alberten ein wenig herum, während Laura die Sträuße band und ich ihr fasziniert dabei zusah. Es sah immer so leicht aus, wenn sie das machte, doch ich wusste aus eigener Erfahrung, dass ganz schon viel Übung dazugehörte. Meine Sträuße sahen immer aus wie zerrupftes Unkraut, ohne Harmonie und Struktur. Aber gut, dafür konnte Laura keinen anständigen Hefezopf backen, geschweige denn, eine Sachertorte fabrizieren. So hatte jeder seine Stärken.

»Dieser Lukas«, sagte Laura schließlich zögerlich, »der findet Claudine wohl ziemlich gut, oder?«

Ich musste schmunzeln. Endlich rückte sie mit der Sprache raus. Es war gestern kaum zu übersehen gewesen, wie sehr ihr Lukas gefiel, aber auch nach dem Torben und Claudine früh gegangen waren, hatte sich Laura von ihm ferngehalten. Sie war einfach so. Zurückhaltend, vorsichtig. Und sie würde niemals dazwischenfunken, wenn sie dachte, dass Lukas sich für eine andere Frau interessierte.

»Soll ich dir etwas verraten?«

»Sie haben etwas miteinander?« Laura sah mich mit ihren großen braunen Augen traurig an.

»Unsinn.« Ich schüttelte den Kopf. »Die Party gestern fand nur statt, damit Claudine Lukas nicht vor den Kopf stoßen musste. Er wollte mit ihr etwas trinken gehen, weil sie ja beide neu auf Timmeritz sind. Aber Claudine wollte ihm keine falschen Hoffnungen machen und hat mich deshalb gebeten, ihr zu helfen.«

»Dann will sie gar nichts von ihm?«

»Wo denkst du hin. Sie hat einen Narren an Torben gefressen. Aber die beiden stehen sich grandios gegenseitig im Weg.«

»Sie haben ja auch beide viel mitgemacht.«

»Das stimmt. Aber immerhin sind sie gestern gemeinsam heimgegangen. Ich habe heute den ganzen Vormittag in der Inselbackstube schon nach geheimen Anzeichen Ausschau gehalten, ob zwischen ihnen etwas passiert ist, kleine Berührungen, ein verschmitztes Lächeln, irgendetwas in der Art. Pustekuchen!«

»Schade. Sie wären ein schönes Paar«, sagte Laura und wickelte die Sträuße in Papier.

»Zerbrich dir mal nicht den Kopf über die beiden. Überleg dir lieber, wie du Lukas verführst«, sagte ich.

»Verführen? Ich? Wie soll ich das denn anstellen?« Laura sah mich entgeistert an.

»Keine Ahnung. Du sagst, dein Haustier ist krank und lockst ihn in dein Schlafzimmer.«

Laura kicherte. »Genial. Die einzigen Haustiere, die wir haben, sind Wühlmäuse und Schnecken. Damit mache ich bestimmt Eindruck bei ihm.«

»Du könntest dir einen Hamster zulegen«, schlug ich vor. »Hamster sind megasexy.«

»Tatsächlich? Ist mir noch gar nicht aufgefallen.« Laura und ich prusteten los.

»Ruf ihn einfach an«, sagte ich. »Er ist neu auf der Insel. Er freut sich über Bekanntschaften.«

»Ich kann ihn doch nicht einfach anrufen. Das ist viel zu plump. Männer wollen doch die Frau erobern, nicht andersherum.«

»Er muss ja erst mal wissen, dass du eroberungsbereit bist«, gab ich zu bedenken.

»Oh Mann, vertrackte Sache.« Laura stöhnte.

»Uns fällt da schon was ein«, sagte ich. »Wir sind hier auf einer Insel. Er kann nicht fliehen.«

»Na toll, das war immer meine Wunschvorstellung von einer Beziehung. Ein Mann, der bei mir bleibt, weil er nicht wegkann.« Laura legte lachend die Blumensträuße auf den Tresen.

Ich bezahlte und verließ den Laden.

Auf dem Weg zurück in die Inselbackstube dachte ich über Lukas und Laura nach. Es konnte doch nicht so schwer sein, ein Date für die beiden zu organisieren. Ich war zwar nicht gerade die große Kupplerin, aber Laura war eine meiner besten Freundinnen und hatte es verdient, endlich einen netten Mann kennenzulernen. Ich musste mir unbedingt etwas einfallen lassen.

Mein Blick glitt über die sonnengetränkte Wiese neben der Straße. Es waren herrlich goldene Tage, mit denen uns der Sommer momentan verwöhnte. Wenig Wind, angenehme Temperaturen um die fünfundzwanzig Grad, die Luft warm, aber nicht schwül. Eine Gruppe Gänse marschierte in gerader Reihe durch das Gras, über mir knatterte ein kleines Flugzeug, in der Ferne sah ich einen Heißluftballon dahingleiten.

Die Sommermonate auf Timmeritz waren einfach ein Traum. So viele schöne Sachen standen bevor: Sabine, Norah und Tilo würden heute ankommen, nächstes Wochenende fand der Inselflohmarkt statt, es gab Grillabende, warme Nächte, Baden im Meer. Und trotzdem kam es mir vor, als hinge genau über mir eine dicke, schwarze Wolke, die mein Sommerglück trübte. Mein Vater ein potenzieller Mörder und Konstantin, dem sein Roman wichtiger war als seine Beziehung.

Sei nicht so kindisch, ermahnte ich mich selbst. Und trotzdem blieb dieses nagende Gefühl der Unzufriedenheit zurück.

In der Inselbackstube angekommen, verteilte ich die Blumen in der Ferienwohnung und in Norahs Zimmer. Ich legte einen Hundekeks in Balous Bettchen und vergewisserte mich, dass alles in Ordnung war. Dann ging ich nach unten zu Torben in die Küche.

»Und?«, fragte ich.

»Alles gut«, murmelte er. »Ich kümmere mich gerade um die Abrechnungen mit den Lieferanten.« Er deutete auf den Zettelwust auf dem Tisch.

Torben hatte ein Arbeitszimmer, aber das war im Grunde nur ein Abstellort für Aktenordner und den Computer. Alles, was man in der Küche machen konnte, wurde in der Küche gemacht. Schon als Kinder hatten wir hier unsere Hausaufgaben erledigt, Geschenke eingepackt oder Telefonate geführt.

Ich schenkte mir ein Glas Wasser ein und setzte mich zu ihm.

»Das meine ich nicht.«

»Häh?« Er sah mich begriffsstutzig an.

»Claudine«, sagte ich grinsend.

»Was ist mit ihr? Sie ist mit den Alpakas unterwegs.«

»Mensch, Torben.« Ich stöhnte.

Er ignorierte mich und kritzelte ein paar Zahlen auf einen Block. Ich starrte ihn an.

»Ich kann so nicht arbeiten«, brummte er.

»Zwischen euch ist wieder nichts passiert, oder?«

»Nele, du nervst. Ich bin kein kleines Kind, dass dir Rechenschaft schuldig ist.«

»Ach, wirklich? Ich habe mittlerweile schon das Gefühl, dass ich dir sagen muss, was du tun sollst. Von allein schnallst du nämlich gar nichts.«

»Meine Beziehung ist gerade zerbrochen. Und Claudine hat ihre Mutter verloren. Da gibt es nichts zu *schnallen*.«

»Deine Beziehung ist nicht *gerade* zerbrochen, sondern vor über fünf Jahren. Und Claudine hätte gestern bestimmt nicht den ersten Schritt gemacht, wenn sie kein Interesse an dir hätte.«

»Wahrscheinlich wollte sie nur weg von diesem Lukas. Er hat sie ja förmlich bedrängt.«

»Unsinn. Und das weißt du auch. Er hat sich einfach nur mit ihr unterhalten. Okay, vielleicht hat er auch ein bisschen geflirtet. Aber das ist vollkommen bedeutungslos, weil Claudine nichts von ihm will.«

»Woher weißt du das?«

»Oh Mann, Torben. Du bist echt schwer von Begriff. Die Party gestern war nur ein Vorwand, damit Claudine nicht alleine mit Lukas etwas trinken gehen musste. Sie wollte ihm keine falschen Hoffnungen machen, ihn aber auch nicht vor den Kopf stoßen. Schließlich weiß sie am besten, wie es ist, neu nach Timmeritz zu kommen.«

»Und was soll ich deiner Meinung nach jetzt machen?«

»Na ja, du musst ihr eben zeigen, dass du sie magst. So richtig. Nicht nur als Kumpel.«

»Hab verlernt, wie das geht.«

»Oh nein, mein Lieber. Das glaube ich dir nicht. Du hast einfach nur Angst.«

»Macht keinen Unterschied.«

»Doch. Das tut es. Fang endlich wieder an zu leben. Sei glücklich. Und lass Claudine nicht ewig auf ein Zeichen von dir warten. Wie gesagt, sie hat gestern sowieso schon den ersten Schritt gemacht. Jetzt bist du an der Reihe.«

Draußen bellte ein Hund.

»Sie sind da!«, sagte Torben und sprang auf. »Norah!«, rief er im Hof und breitete die Arme aus.

Seine Tochter lief zu ihm und ließ sich durch die Luft wirbeln. Balou sprang wie ein Gummiball um die beiden herum.

»Ich habe Balou neue Kunststücke beigebracht«,

plapperte Norah fröhlich drauflos. »Er kann jetzt fast genau so viele wie Cookie. Wann kommen Günni und Cookie nach Timmeritz? Oder sind sie sogar schon hier? Ich will sie unbedingt treffen. Ob uns Heinz wieder auf der Kutsche mitnimmt? Balou findet Max und Moritz toll. Oh, ich bin so froh, dass wir hier sind.«

Lachend begrüßte ich Sabine und Tilo. Als das erste Tohuwabohu vorbei war, zog ich Torben kurz auf die Seite.

»Das hier ist keine Ausrede, Claudine nicht endlich zu sagen, dass du etwas für sie empfindest«, raunte ich. »Du musst ihr ja nicht gleich einen Heiratsantrag machen.«

Torben warf einen schnellen Blick zu Sabine und Tilo, die sich gerade einen Kuss gaben.

»Vielleicht hast du recht«, sagte Torben. »Vielleicht ist es wirklich an der Zeit für einen Neuanfang.«

18

Es war ein erstaunlich heiterer Abend gewesen, den wir in Torbens Garten verbracht hatten. Ich wusste, dass mein Bruder Tilo nicht mochte, was weniger an Tilos Persönlichkeit lag, als an der Tatsache, dass er nun der Mann an der Seite von Sabine war. Aber Torben ließ sich seine Antipathie nicht anmerken und war für seine Verhältnisse sogar richtig gesprächig. Norah quatschte sowieso ununterbrochen und führte uns Balous Kunststücke vor. Tilo war entspannt wie immer, nur Sabine merkte man an, dass sie dem Frieden nicht so ganz traute. Ständig beobachtete sie Torben mit Argusaugen, als hätte sie Angst, dass er in einem unbemerkten Moment Tilo mit der Grillgabel attackieren könnte. Trotzdem lachten wir viel und tauschten uns über die Ereignisse seit unserem letzten Treffen aus.

Sabine, Norah und Tilo hatten sich nach dem Essen schon bald zurückgezogen, weil sie von der langen Fahrt erschöpft waren. Ich war noch ein paar Minuten bei Torben und Claudine sitzen geblieben, war dann aber auch aufgebrochen. Nicht, weil ich unbedingt in mein leeres Haus wollte, sondern weil ich hoffte, dass Torben endlich über seinen Schatten springen und Claudine etwas näherkommen würde.

Nun saß ich also allein auf der Terrasse, lauschte den Wellen, atmete die würzigen Gerüche der Sommernacht ein und hing meinen Gedanken nach. Ich versuchte, innerlich zur Ruhe zu kommen, doch es gelang mir nicht. Zwischen Konstantin und mir herrschte noch immer Funkstille. Ich war zu stur und zu stolz, um mich bei ihm zu melden. Gleichzeitig war ich verletzt, dass er es nicht tat. Mittlerweile hatte er nämlich sämtliche Versuche eingestellt, mich zu erreichen. Ich konnte es ihm nicht verübeln, schließlich hatte ich aus Wut, Trotz und Verzweiflung keinerlei Reaktion gezeigt. Ein kindisches Verhalten, für das ich mich schämte – und aus dem ich trotzdem keinen Ausweg fand.

War das jetzt unser erster großer Streit?

War es das wert?

Nein.

Ich spielte mit dem Handy in meiner Hand, tippte eine Nachricht, löschte sie wieder. Je länger wir nicht miteinander redeten, desto schwieriger wurde es für mich, einen Weg aus dem Schweigen zu finden. Außerdem merkte ich, dass ich noch immer die Verhaltensmuster meiner Vergangenheit verinnerlicht hatte: Stark sein um jeden Preis, an Situationen festhalten, obwohl ich selbst spürte, dass sie nicht richtig waren.

Ich schnaufte. Es reichte nicht, die eigenen Schwächen zu erkennen. Viel schwieriger war es, sie abzulegen.

Noch einmal tippte ich eine Nachricht, aber ich fand einfach nicht die passenden Worte. Frustriert gab ich auf.

Das alles nur wegen eines uralten Tagebucheintrags von Oma. Ein Eintrag, den sie sogar herausgerissen hatte. Warum hatte sie die Seiten nicht entsorgt? Es hätte so vieles leichter gemacht. Nun quälte mich jede Sekunde die Frage, ob meine Eltern noch leben könnten, wenn die Krankheit meines Vaters richtig behandelt worden wäre.

Der Besuch bei Piet hatte mich nicht weitergebracht.

Was konnte ich sonst noch unternehmen? Zur Polizei gehen?

Aber hatte Marga nicht gesagt, dass gar keine Ermittlungen geführt worden waren? Vielleicht wusste sie es nur nicht. Gut möglich, dass es doch Akten gab, in denen ich irgendeinen Hinweis finden würde. Ich glaubte zwar selbst, dass das unwahrscheinlich war, aber irgendwie musste ich ja weiterforschen.

Bestimmt hatte Jürgen heute Abend Dienst. Wahrscheinlich spielte er Solitär oder chattete im Internet, weil es sowieso nichts zu tun gab. Timmeritz war ein friedlicher Ort. Klar, ab und zu kam es vor, dass Touristen beim Feiern über die Stränge schlugen, aber meist reichte ein strenges Wort von den Vermietern oder Nachbarn, und schon war wieder Ruhe.

Ich packte ein kleines Lunchpaket und schwang mich aufs Fahrrad, um nach Loddenhagen zu radeln. Die Polizeiwache befand sich direkt am Hafen in einem trutzigen Klinkerbau, dessen Fensterbretter immer überquollen vor Blütenpracht. Das war Carolin Hilmers Werk. Die fünfzigjährige Polizistin war auf einem bayerischen Bauernhof aufgewachsen und der Liebe wegen nach Timmeritz gezogen. Trotzdem konnte sie ihre Wurzeln nie so ganz vergessen, was man einerseits an ihrem Dialekt hörte und andererseits sah, denn wo immer sich Carolin länger aufhielt, wucherte und blühte es wie in ihrer bayerischen Dorfheimat. Zur Zeit hatte sie jedoch Urlaub und ihre Vertretung würde erst am Montag auf der Insel eintreffen, weshalb ich ziemlich sicher war, Jürgen auf der Wache anzutreffen.

In der Inselhauptstadt herrschte trotz der späten Stunde reges Treiben. Die Leute saßen in den Cafés, flanierten durch die Gassen oder lehnten einfach an der Hafenmauer, schleckten ein Eis, lachten und plauderten. Ich nahm den Korb mit dem Essen vom Gepäckträger und betrat die Wache. Wie erwartet, saß Jürgen vorm Computer. Als ich eintrat, blickte er überrascht auf und kam zu mir.

»Nele! Ist etwas passiert?«

»Nein.« Ich stellte den Korb mit dem Essen auf den Tresen. »Ich dachte mir, ich bringe dir eine Kleinigkeit zum Essen vorbei.«

»Einfach so?« Jürgen sah mich skeptisch an, aber seine Augen funkelten. Schnell richtete er den Blick auf die Schüsseln im Korb.

Jürgen hatte immer Appetit. Das sah man ihm nicht an, weil er sehr groß und zaundürr war, aber auf einer kleinen Insel blieb so etwas natürlich nicht verborgen, vor allem nicht, wenn man die örtliche Bäckerei betrieb.

»Na ja, ich hätte eine kleine Bitte an dich«, sagte ich zögernd.

»Dachte ich's mir doch.« Jürgen grinste. »Was kann ich für dich tun?«

»Kannst du mir die Akte zum Unfall meiner Eltern aus dem Archiv heraussuchen? Das war 1994. Ich halte inzwischen auch hier die Stellung.«

»Nein. Tut mir leid, aber das geht nicht.«

»Ich weiß, dass ich keine Polizistin bin. Aber es ist Samstagabend, die Leute sitzen in den Cafés und haben Spaß. Ich bin mir ziemlich sicher, dass in den nächsten fünf Minuten kein bewaffneter Raubüberfall oder dergleichen passieren wird.«

»Darum geht es nicht«, sagte Jürgen. »Es hat doch 2011 im Archiv gebrannt. Die Akte deiner Eltern existiert nicht mehr. Sie war noch nicht digitalisiert.«

»Verdammt.« Ich ballte die Hand zur Faust und hätte am liebsten gegen den Tresen geschlagen.

Das durfte doch nicht wahr sein. Es fühlte sich an, als würde eine unsichtbare Macht zu verhindern versuchen, dass ich etwas über den Tod meiner Eltern herausfand.

»Wofür brauchst du denn die Akte?« Jürgen sah mich interessiert an.

»Ich weiß nicht genau. Ich wollte einfach mal einen Blick darauf werfen. Könntest du dir vorstellen, dass der Unfall meiner Eltern gar kein Unfall war?«

»Worauf willst du hinaus?«, fragte Jürgen. »Sie waren allein an Bord, das Unwetter hat sie überrascht. Deine Mutter starb durch eine Kopfverletzung aufgrund eines Sturzes, dein Vater ertrank. Mehr stand nicht in der Akte. Es wurde nicht ermittelt, weil es ein tragisches Unglück war.« Jürgen sah mich mitfühlend an.

Ich überlegte, ob ich ihm von Omas Theorie erzählen sollte. Aber was würde es bringen? Die Akte war verbrannt und der Inhalt wäre anscheinend sowieso uninteressant gewesen.

»Hast du schon hier gearbeitet, als es passiert ist?«, fragte ich.

Jürgen war gute zehn Jahre älter als ich, 1994 war er schon über zwanzig gewesen.

»Nein.« Er schüttelte den Kopf. »Damals habe ich noch auf dem Festland gearbeitet. Aber später, als ich die Leitung der Polizeiwache auf Timmeritz übernahm, habe ich mir den Fall deiner Eltern angesehen. Es war ein schrecklicher Unfall, dessen Hergang wir nie mit Sicherheit werden rekonstruieren können. Vielleicht ist Wasser in das Boot geschwappt, deine Mutter ist auf dem feuchten Boden ausgerutscht, dein Vater wollte ihr zu Hilfe eilen, dabei hat er die Kontrolle über das Boot verloren und das Unglück nahm seinen Lauf. Vielleicht wurde deine Mutter aber auch durch die Wucht einer Welle gegen den Rumpf geschleudert und dein Vater ging über Bord. Es gibt einige mögliche Szenarien.«

»Verstehe«, sagte ich.

Hier würde ich nicht weiterkommen. Selbst, wenn Papa absichtlich in den Sturm gesegelt war oder meine Mutter gestoßen hatte, um dann selbst ins Meer zu springen, würde Jürgen das heute nie und nimmer herausfinden können. Ich musste weiter mit der Ungewissheit leben. Ich musste meinen Frieden mit der Vergangenheit machen.

»Nele, es tut mir leid. Ich hätte dir gerne geholfen.« Jürgen legte mir unbeholfen seine Hand auf die Schulter, zog sie aber gleich wieder weg.

»Weiß ich doch. Bring mir den Korb irgendwann

zurück. Eilt nicht«, sagte ich und wandte mich zum Gehen.

»Hey, warte. Gibt es einen Grund, warum du dich auf einmal mit dem Unfall deiner Eltern beschäftigst? Ich meine, es ist siebenundzwanzig Jahre her.«

»Nein, gibt es nicht«, sagte ich entschieden. »War bloß so ein Gedanke.«

19

Schritte und das Knarren der Treppenstufen ließen mich hochschrecken.

Oh Gott, wie spät war es? Verwirrt setzte ich mich im Bett auf. Der Tag war bereits angebrochen, die ersten Sonnenstrahlen blitzten zwischen den Vorhängen hindurch. Aber es war Sonntag, ich durfte ausschlafen.

»Nele?«, hörte ich Konstantins Stimme.

Einen Moment glaubte ich, zu träumen, doch dann ging die Schlafzimmertür auf und Konstantin stand leibhaftig vor mir.

»Wie …? Was…?«, stammelte ich.

»Hi«, hauchte er, kniete sich neben das Bett und gab mir einen innigen Kuss.

»Ich dachte, du bist in der Schweiz? Was machst du hier? Herrje, ich bin ganz durcheinander. Wie spät ist es überhaupt?«

»Halb sieben. Wir sind die Nacht durchgefahren.«

»Wir?« Ich hob fragend die Augenbrauen.

»Sarah ist mit dabei.«

»Jetzt mal langsam.« Ich fuhr mir durch die Haare. »Du hast Sarah aus der Schweiz mitgebracht? Nach Timmeritz? Wieso denn das?« Ich war vollkommen überrumpelt.

Konstantin setzte sich auf die Bettkante. »Nachdem du mir von dem Tagebucheintrag deiner Großmutter erzählt hast, war ich total durcheinander. Ich habe ziemlich mit der Entscheidung gehadert, in der Schweiz zu bleiben. Sarah hat gemerkt, dass mit mir etwas nicht stimmt, und mich darauf angesprochen. Tja, und dann war sie es, die kurzerhand bestimmt hat, dass wir auch in Timmeritz weiter an meinem Roman arbeiten können.«

»Sie muss eine außergewöhnliche Frau sein«, sagte ich.

»Oh ja, das ist sie in der Tat. Sie sitzt übrigens unten in der Küche. Du kannst sie also gleich kennenlernen.«

»Ich hoffe, du hast ihr eine Tasse Tee gemacht.«

»Nein, ich wollte erst zu dir.« Konstantin wollte mich umarmen, aber ich sprang aus dem Bett.

»Du lässt die arme Frau mutterseelenallein in einem fremden Haus und ohne Tee in der Küche sitzen? Das geht gar nicht!« Im Nachthemd tappte ich die Treppe hinab und stapfte in die Küche.

Dort saß sie, Sarah Jones, vormals Grünspan, die vor achtundsiebzig Jahren zwei Jahre auf Trude Ehlerts Dachboden verbracht hatte, um sich vor den Nazis zu verstecken. Ihr Haar war schneeweiß und zu einem akkuraten Pagenkopf geschnitten. Tiefe Falten prägten Stirn, Augen und Mundwinkel, konnten aber die eleganten Züge nicht verdecken. Hohe Wangenknochen, eine gerade Nase, sinnlich geschwungene Lippen. Sarah hatte das Gesicht einer klassischen Leinwandschönheit. Aber das war es nicht, was mich auf der Stelle faszinierte. Es war ihre Aura, eine Präsenz voller Güte, Klugheit und Lebensmut, die mich sofort in ihren Bann zog.

»Guten Morgen«, sagte ich und wollte Sarah die Hand reichen, doch ein Blick auf die knotigen Verwachsungen ließ mich in der Bewegung innehalten.

»Arthrose«, erklärte sie und streckte die knorrigen Finger in die Luft. »Sieht schlimmer aus, als es ist.« In ihrer Stimme schwang ein leichter amerikanischer Akzent.

»Ich bin Nele«, sagte ich. »Und ich koche uns jetzt eine schöne Tasse Tee. Danke, dass Sie mir Konstantin wiedergebracht haben.« Oben aus dem Bad hörte man das Wasser der Dusche rauschen.

»Oh, das war nicht ganz uneigennützig«, gab Sarah unumwunden zu. »Ich habe schon lange damit geliebäugelt, Timmeritz noch einmal einen Besuch abzustatten. Eine bessere Gelegenheit hätte sich gewiss nicht mehr ergeben.«

»Ich finde es mutig, dass Sie sich ihrer Vergangenheit stellen«, sagte ich und hantierte mit dem Teekessel. »Es ist bestimmt nicht leicht, wieder hier zu sein.«

»Es ist viel Zeit vergangen«, sagte Sarah. »Ich bin kein kleines Mädchen mehr, der Krieg ist Geschichte. Timmeritz ist eine wichtige Station in meinem Leben. Eine wunderschöne im Übrigen, soweit ich das bei der kurzen Fahrt hierher beurteilen konnte. Und euer Haus ist einfach nur zauberhaft.«

»Danke«, sagte ich. »Wir wohnen noch nicht lange

hier, aber es war Liebe auf den ersten Blick.«

Ich stellte Brot auf den Tisch, dazu Butter, Marmelade, Schinken, Käse und Honig. Der Teekessel begann zu pfeifen, ich nahm ihn vom Herd und goss eine von Margas Kräutermischungen auf.

»Es muss seltsam sein, zwei Jahre an einem Ort verbracht zu haben und gar nicht zu wissen, wie er eigentlich aussieht«, sagte ich nachdenklich.

»Genau deshalb bin ich hier. Ich will den weißen Fleck in meiner geistigen Landkarte mit Farbe füllen. Denn darauf kommt es doch an im Leben, oder?« Sie lächelte, was ihr ganzes Gesicht zum Strahlen brachte. »Die Kindheit ist unsere Schatzkammer der Freude und gleichzeitig der Quell unseres Schmerzes, den wir niemals überwinden werden, wenn wir nicht bereit sind, ihn in seinen ganzen scheußlichen Ausprägungen zu spüren. Viele Erwachsene handeln auch im hohen Alter noch wie das verletzte Kind, das sie einmal waren. Ich habe für mich entschieden, dass ich lieber einmal den Schmerz in seiner ganzen Heftigkeit spüre, als ein Leben lang von einem unangenehmen Ziehen und Stechen geplagt zu werden.«

»Wollen Sie Trude besuchen?«, fragte ich vorsichtig.

»Lassen wir das Sie weg. Für Förmlichkeiten bin ich zu alt«, sagte Sarah. »Und ja, es wäre ein Herzenswunsch von mir, Trude zu sehen. Aber ich verstehe, wenn sie das nicht möchte. Die zwei Jahre, die ich auf ihrem Dachboden verbracht habe, waren für sie mindestens genauso traumatisch wie für mich.«

»Noch vor wenigen Monaten hätte sie einem Treffen bestimmt nicht zugestimmt. Aber seit die ganze Sache ans Licht gekommen ist, ist sie ein neuer Mensch. Offener, irgendwie befreit. Ich könnte mir vorstellen, dass sie sich sogar freut, dich zu sehen. Sie hat große Schuldgefühle, weil sie dich gehasst hat, anstatt dich zu unterstützen. Das hat sie ihr ganzes Leben begleitet. Ach, ich rede viel zu viel. Bitte entschuldige«, sagte ich und schenkte Tee ein.

Sarah hatte diese Wirkung auf mich. Sie saß da, mit ihrem unglaublich offenen Blick und man hatte das Gefühl, dass es nichts gab, worüber man nicht mit ihr hätte sprechen können.

»Schon in Ordnung«, sagte sie. »Trudes Trauma zieht sich durch eine ganze Generation. Nicht geholfen zu haben, obwohl man vielleicht hätte helfen können. Wegsehen, weil man die Wahrheit nicht sehen wollte, Gehorsam, wo Widerstand angebracht gewesen wäre. Aber ganz ehrlich: Ab einem gewissen Punkt war Widerstand gar nicht mehr möglich, man hätte ihn unweigerlich mit dem Tod bezahlt.«

»Und trotzdem gab es Frauen wie Gunilla Ehlert«, sagte ich nachdenklich.

»Ja, das stimmt. Sie war eine außergewöhnliche, mutige Frau.«

»Hast du nach dem Krieg noch Kontakt mit ihr gehabt?«

»Nein.« Sarah schüttelte den Kopf. »Sie selbst hat mir zum Abschied mit auf dem Weg gegeben, dass ich mich bitte nicht mehr bei ihr melden soll. Sie wollte nicht, dass

Trude noch eifersüchtiger wurde. Sie hat sehr unter dem Zerwürfnis mit ihrer Tochter gelitten, und es hat mich schwer getroffen, von Konstantin zu hören, dass die beiden nie wieder zueinandergefunden haben. Und das, obwohl sie ihr Leben miteinander verbracht haben.«

»Woher wusstest du, dass Trude nie weggezogen ist?«, fragte ich. Ich pustete in den heißen Tee und trank einen Schluck.

»Oh, das wusste ich nicht. Ich hatte nur so ein Gefühl. Und da die Briefe nie zurückkamen, habe ich einfach immer weitergeschrieben. Anfangs war es wie eine Therapie für mich, auch wenn ich nie eine Antwort erhalten habe. Erst später, als ich Psychologie studierte, wurde mir klar, was ich da eigentlich tat. Dass es möglicherweise total unangebracht war, Trude zu schreiben. Aber irgendwie konnte ich nicht mehr damit aufhören, es war wie eine Sucht. Dabei redete ich mir ein, dass Trude meine Briefe ja einfach wegwerfen könnte, wenn sie ihr nicht passten. Total egoistisch, ich weiß. Irgendwann habe ich aufgehört, viel aus meinem Leben zu erzählen und nur noch kurze Grüße zum Geburtstag und zu Weihnachten geschickt. Ich hatte Trudes Familie so viel zu verdanken, es war unvorstellbar für mich, den Kontakt abreißen zu lassen, auch wenn er einseitig war. Tja, und irgendwann taugten meine Hände nicht mehr zum Schreiben. Dann ließ ich es doch bleiben.« Sarah seufzte und nahm umständlich die Tasse an sich, um einen Schluck zu trinken.

Ich wollte schon meine Hilfe anbieten, hatte aber gleichzeitig Angst, dass es demütigend wirken konnte, also hielt ich mich zurück.

»Möchtest du etwas essen? Eine Scheibe Brot, ein Stück Kuchen?«, fragte ich.

Sarah schüttelte den Kopf.

»Nein, danke. Mein Appetit ist nicht besonders ausgeprägt. Wahrscheinlich, weil ich mich so wenig bewege. Da braucht der Körper nicht mehr viel Energie.«

»Das wird sich aber ab heute ändern, liebe Sarah«, sagte Konstantin. Frisch geduscht und mit noch nassen Haaren trat er in die Küche. »Ich werde dir höchstpersönlich die Insel zeigen. Nicht einmal der Strand wird vor uns sicher sein – es gibt nämlich spezielle Rollstühle, die man sich ausleihen kann. Sie kommen auch mit dem sandigen Untergrund zurecht.« Konstantin setzte sich und schenkte sich Tee ein. Danach belegte er eine Scheibe Brot üppig mit Schinken und Käse. Ihn schien schon die Aussicht auf den unternehmungsreichen Tag hungrig zu machen.

»Oh nein, mein Lieber. Du ruhst dich jetzt erst einmal aus«, widersprach Sarah. »Immerhin bist du die ganze Nacht Auto gefahren, während ich geschlafen habe.«

»Keine Sorge. Ich bin fit.«

»Ich möchte aber heute keinen Ausflug machen. Ich möchte zu Trude. Bringt ihr mich hin?«

»Natürlich«, sagte Konstantin. »Aber was, wenn sie nicht mit dir reden möchte?«

»Dann können wir immer noch an den Strand«, sagte Sarah unbeirrt.

Ich spürte, wie sich mein Puls beschleunigte.

Würde es ein großes, freudiges Wiedersehen geben?

Oder würde Trude in ihre alte Garstigkeit zurückfallen und Sarah von ihrem Grundstück verjagen?

Alles war möglich, aber ich wünschte mir so sehr, dass es wenigstens in diesem Fall ein Happy End geben würde. Bei meinen Eltern war dieses Hoffen vergeblich.

20

»Wer ist das?«, fragte Trude misstrauisch.

Sie hatte die Tür nur einen Spalt geöffnet und linste daraus hervor wie eine vorsichtige Katze.

Konstantin wollte etwas sagen, doch Sarah trat entschlossen nach vorne. Auf ihren Stock gestützt sah sie Trude fest in die Augen.

»Guten Morgen, Trude. Ich bin's, Sarah.«

»Na, das war ja klar«, brummte Trude.

»Ich verstehe, wenn …«, sagte Sarah.

»Komm erst mal rein«, unterbrach Trude sie und hielt die Tür weit auf. »Hab gerade frischen Kaffee gemacht.«

Konstantin und ich warfen uns einen Blick zu, der sagte: Zeit für uns, zu gehen. Wir verabschiedeten uns und machten uns auf den Heimweg.

»Ich hoffe, Trude geht ihr nicht an die Gurgel«, sagte Konstantin im Auto.

»Auf mich hat sie jetzt nicht aggressiv gewirkt. Ich fand, sie klang sogar ein bisschen erleichtert.«

»Vielleicht schafft sie es, Frieden mit Sarah und der

damaligen Situation zu schließen. Ich denke, das wäre ein bedeutender Schritt für Trude.«

»Ich wünsche es ihr von ganzem Herzen«, sagte ich.

Mein Blick glitt über die weite Landschaft. Wiesen, Dünen, Meer, Horizont. Timmeritz war das Paradies, und doch hatte es sich für Trude jahrelang wie die Hölle angefühlt. Das Inselleben konnte Segen und Fluch zugleich sein. Einerseits bot die starke Gemeinschaft und die räumliche Nähe Sicherheit und Stabilität, andererseits konnte sie einem die Luft zum Atmen rauben.

Für Sarah war Timmeritz nur eine – wenn auch überlebenswichtige – Station gewesen, doch Trude hatte jeden Tag ihres Lebens hier zugebracht. Sie blieb in dem Häuschen in Wedemund, in dem sie die schrecklichen Kriegsjahre durchlebt hatte, und sie verbrachte all die Zeit Seite an Seite mit ihrer Mutter, mit der sie sich bis zu deren Tod nicht mehr aussöhnte. Gut vorstellbar, dass es für Trude besser gewesen wäre, die Insel zu verlassen und woanders ein neues Leben zu beginnen, ohne all die Altlasten, die sie traurig und mürrisch werden ließen.

Ich dachte an Klaas, für den Timmeritz zuletzt auch nur noch ein Gefängnis gewesen war, und der nun sein Glück in der weiten Welt suchte. War es so leicht? Konnte man die Vergangenheit hinter sich lassen und neu anfangen? Oder war sie viel zu sehr mit der eigenen Person verwoben, als dass man sie einfach abstreifen konnte wie einen alten Mantel?

»Woran denkst du?«, fragte Konstantin. »Du hast eine ganz tiefe Falte zwischen den Augen.«

Er lenkte den Leihwagen den schmalen Schotterweg zu unserem Haus entlang.

»An Klaas«, sagte ich. »Er geht auf Weltreise.«

»Woher weißt du das?«

»Er war vor ein paar Tagen hier, um sich zu verabschieden. Und er hat mir ein Foto gebracht.«

»Von sich? Damit du ihn nicht vergisst, oder was?«, stichelte Konstantin.

»Bist du eifersüchtig?«

»Habe ich einen Grund dazu?« Er hielt vor dem Haus, machte den Motor aus und sah mich eindringlich an.

»Nein, hast du nicht. Es war ein Foto meines Vaters.« Ich schluckte.

»Ach, Nele. Die Sache muss unglaublich schwierig sein für dich. Komm, wir gehen rein und reden endlich über alles.«

»Du legst dich jetzt erst einmal hin und schläfst dich aus«, sagte ich. »Immerhin bist du die ganze Nacht Auto gefahren.«

»Ist mir egal.« Konstantin gähnte. »Am wichtigsten ist, dass es dir gut geht.«

»Dir fallen doch schon die Augen zu.« Ich grinste und gab ihm einen Kuss auf die Wange. »Leg dich hin. Ich fahr inzwischen zur Inselbackstube hinüber.«

»Dann könntest du gleich Sarahs Sachen in die Ferienwohnung bringen.«

»Das geht nicht«, sagte ich.

»Nur bis Mittwoch, bis Sabine kommt. Danach sehen wir weiter«, sagte Konstantin.

»Sabine, Tilo und Norah sind schon hier. Sie sind bereits gestern angereist.«

»Oh.« Konstantin stutzte. »Ich dachte …« Er vollendete den Satz nicht, sondern sah etwas ratlos aus der Wäsche.

»Sarah kann in unserem Schlafzimmer wohnen. Und wir ziehen mit den Luftmatratzen ins Gästezimmer. Ein paar Nächte halten wir das schon aus«, schlug ich vor.

»Wir schon. Aber die Treppe ist für Sarah eine Tortur. Das schafft sie nicht.«

»Dann telefoniere ich eben ein bisschen herum. Irgendwo werde ich schon ein Zimmer im Erdgeschoss auftreiben«, sagte ich zuversichtlicher, als ich mich fühlte.

Es war Sommer, die Insel war bis auf die letzte Besenkammer ausgebucht.

»Du weißt genauso gut wie ich, dass es leichter ist, einen weißen Raben zu fangen als im Juli ein freies Bett auf Timmeritz zu finden.« Konstantin schnaufte. »Wir könnten unser Bett vorübergehend im Wohnzimmer aufbauen.«

Ich verdrehte die Augen. Es war schon schwer genug gewesen, dass Monstrum ins Schlafzimmer zu bekommen. Bereits der Gedanke daran, es wieder die Treppe hinunterschleppen zu müssen, verursachte mir Rückenschmerzen.

»Wir tragen das Bett jetzt erst mal nirgendwo hin, sondern du legst dich hinein. Und in ein paar Stunden sehen wir weiter«, sagte ich.

»Kann ich dich irgendwie überreden, mich ins Schlafzimmer zu begleiten?«, fragte Konstantin.

Sein Blick bescherte mir eine Gänsehaut am ganzen Körper und ein angenehmes Kribbeln breitete sich aus.

»Ich habe Norah versprochen, dass wir Cookie besuchen«, sagte ich, hörte aber selbst, wie lahm meine Worte klangen.

Das verführerische Lächeln in Konstantins Gesicht verriet, dass er wusste, dass ich seinem Angebot nicht widerstehen konnte. Arm in Arm gingen wir zum Haus. Weiter als ins Wohnzimmer schafften wir es allerdings nicht.

21

Konstantins Handy klingelte. Wir lagen eng umschlungen auf der Couch, trunken vom Schlaf und von der Leidenschaft, mit der wir uns geliebt hatten.

»Das ist Sarah«, sagte Konstantin und setzte sich auf. »Hoffentlich hat es keinen Streit gegeben.« Er nahm den Anruf entgegen und hörte einen Moment zu. »Bist du dir sicher?«, fragte er schließlich. »Gut, ich komme nachher vorbei.«

»Was ist los?«, fragte ich, als er das Handy weggelegt hatte.

»Sarah will sich später den Dachboden ansehen. Aber allein kommt sie da nicht hoch.«

»Hoffentlich sperrt Trude euch beide dann nicht dort oben ein«, sagte ich.

»Alte Zynikerin.« Konstantin stupste mich an.

»Ich mache uns einen Kaffee. Mit dem Schlaf wird das jetzt sowieso nichts mehr.« Ich wollte aufstehen, doch Konstantin hielt mich fest, sodass ich auf ihn fiel.

»Kaffee ist überschätzt. Ich weiß etwas, das viel wacher macht«, sagte er und küsste meinen Hals.

Seine Hände wanderten langsam meinen Körper hinab, streichelten meine Brust, meinen Bauch, die Oberschenkel. Ich spürte, wie ich unter seinen sanften Berührungen dahinschmolz, wie sehr ich seine Zärtlichkeiten vermisst hatte. Wir liebten uns erneut, langsamer und intensiver als zuvor. Für kurze Zeit verschwanden all meine Probleme und es gab nur uns beide, unsere Empfindungen, unser Glück. Eine kurze Flucht aus dem Alltag, aber eben nur eine Flucht. Die Schatten der Vergangenheit hatten sich deswegen nicht verzogen.

»Es tut mir leid, dass ich dich im Stich gelassen habe«, sagte Konstantin später. Wir saßen mit einer Tasse Kaffee auf der Couch und genossen den Blick aufs Meer.

Der Wind trieb dunkle Wolken über den Himmel und drückte das Dünengras zu Boden. Gut möglich, dass es später Regen geben würde. Vielleicht zog die Schlechtwetterfront aber auch über Timmeritz hinweg, das kam öfter vor. Am Festland klagten sie dann über Sturm und Regen, während wir auf der Insel einen heiteren Sommertag verbrachten.

»Mir tut es leid, dass ich so überreagiert habe«, erwiderte ich. »Ich weiß, dass mein Verhalten kindisch war. Aber ich habe mich so allein und hilflos gefühlt.«

»Hast du mittlerweile schon etwas herausgefunden? Gibt es Hinweise, dass die Vermutungen deiner Großmutter wahr sein könnten?«

»Ich habe bisher mit fünf Personen über den Unfall gesprochen: Torben, Marga, Klaas, Piet und Jürgen. Sie alle glauben nicht daran, dass Papa ein Mörder ist.« Ich gab die Gespräche wieder. Erzählte, dass Piet es durchaus für möglich hielt, dass mein Vater vom Unwetter wusste und es als Herausforderung sah. Berichtete, dass von der Polizei keine Hilfe zu erwarten war, weil es die Akte von damals gar nicht mehr gab. »Vielleicht hat Marga recht, und ich sollte die ganze Sache vergessen und mich auf die Zukunft konzentrieren. Aber irgendwie schaffe ich das nicht.«

»Manchmal ist es wirklich besser, die Vergangenheit ruhen zu lassen«, sagte Konstantin nachdenklich. »Aber ich verstehe sehr gut, wenn du das nicht kannst. Und ich werde dich auch gerne unterstützen. Du musst dir aber bewusst sein, dass dich das Ergebnis deiner Suche vielleicht unglücklicher macht als die Ungewissheit.«

»Du meinst, weil ich mir jetzt immer noch einreden kann, dass mein Vater ein guter Mensch war?« Ich schnaufte.

»Verteufle nicht deine Erinnerungen an deine Kindheit, Nele. Sie sind ein Schatz, der behütet werden will. Dein Vater hat nie einer Menschenseele etwas Böses getan, du darfst dich mit einem Lächeln an ihn erinnern.«

»Nicht, wenn er sich und meine Mutter getötet hat.«

»Aber wie willst du das jemals herausfinden?« Konstantin trank einen Schluck Kaffee und starrte aus dem Fenster.

»Keine Ahnung«, sagte ich schulterzuckend. »Hier auf der Insel komme ich jedenfalls nicht weiter.«

»Dann bleibt eigentlich nur noch eine Möglichkeit: Du musst den Psychologen ausfindig machen und ihn um eine Einschätzung bitten.«

»Aber der Unfall ist siebenundzwanzig Jahre her. Selbst, wenn der Psychologe noch praktiziert, wird er sich auf seine Schweigepflicht berufen. Sonst könnte ja jeder daherkommen.«

»Na ja, du bist die Tochter. Und sein Patient ist tot«, sagte Konstantin.

»Ich weiß gar nicht, wo sich diese Praxis in Stralsund befunden haben soll«, sagte ich. »Oma hat in ihren Tagebucheinträgen nie einen Straßennamen erwähnt.«

»Aber einen Namen des Psychologen, oder?«, fragte Konstantin.

»Ja, ich glaube schon.« Ich stand auf, um das Tagebuch zu holen. Den Laptop brachte ich auch gleich mit. »Dr. Wolf«, sagte ich schließlich. »Oma spricht in ihren Einträgen von einem Dr. Wolf.«

»Vorname?«, fragte Konstantin und klappte den Computer auf.

»Hat sie nicht erwähnt.«

»Hm.« Konstantin tippte den Namen in die Suchmaschine. »Es gibt einige Ärzte mit Nachnamen Wolf, aber ein Psychologe ist nicht dabei.«

»Wäre ja auch zu einfach gewesen«, sagte ich. »Bestimmt ist der Mann längst in Rente.«

»Das heißt aber nicht, dass seine Praxis nicht mehr existiert«, sagte Konstantin. »Vielleicht gibt es einen Nachfolger.«

»Gut möglich.« Ich stützte meinen Kopf in die Hand. »Ich müsste also bloß jede psychologische Praxis anrufen und fragen, ob sie früher einem Dr. Wolf gehört hat.«

»Wäre einen Versuch wert. Aber heute ist Sonntag, da werden wir niemanden erreichen.«

»Gunilla Ehlert hat meinen Vater doch aus der Praxis kommen sehen. Vielleicht weiß Trude, wen ihre Mutter immer in Stralsund besucht hat. Dann hätten wir einen Straßennamen«, sagte ich.

»Gute Idee. Am besten, wir fahren gleich hin und fragen sie.«

»Aber Sarah und Trude haben bestimmt viel zu besprechen. Ich weiß nicht, ob es gut ist, wenn wir die beiden stören.«

»Finde ich schon. Sarah wollte doch sowieso, dass ich sie auf den Dachboden begleite.«

»Gut, dann fahren wir. Aber erst muss ich ein paar Leute anrufen. Schließlich brauchen wir noch eine Unterkunft für Sarah.«

»Darum kümmern wir uns später«, sagte Konstantin.

»Das geht nicht. Du weißt, wie knapp die Zimmer auf Timmeritz sind. Wenn ich eine Stunde warte, schnappt mir vielleicht jemand das letzte Zimmer vor der Nase weg.«

»So schlimm wird's schon nicht sein. Zur Not muss sie eben auf der Couch schlafen. Ich finde die eigentlich ganz bequem.« Konstantin zwinkerte mir zu.

»Ach, du wieder.« Ich boxte ihn in die Seite.

»Wir können sie gerne noch mal testen«, schlug er grinsend vor.

»Heb dir deine Energie mal lieber für später auf«, sagte ich. »Wahrscheinlich wirst du Sarah die nächsten Tage die Treppe in unser Schlafzimmer hochtragen müssen, weil wir keine passende Bleibe finden.«

»Positiv denken«, ermahnte mich Konstantin. »Das

Glück gehört den Mutigen. Und jetzt lass uns rausfinden, wo dieser Dr. Wolf seine Praxis hatte.«

Wir zogen uns an und verließen das Haus. Ich wollte mich schon aufs Fahrrad setzen, doch Konstantin konnte es nicht schnell genug gehen und er schwang sich hinter das Lenkrad des Leihwagens.

Es dauerte nicht lange, und wir parkten vor Trudes Gartenzaun. Konstantin hatte schon die Tür geöffnet und wollte aussteigen.

»Halt. Lass uns erst noch in die Inselbackstube fahren und ein paar Stücke Kuchen holen. Das ist irgendwie netter.«

»Das ist doch nur unnötige Zeitverschwendung«, sagte Konstantin. »Außerdem isst Sarah sowieso nur wie ein Spatz.«

»Mag sein. Aber Trude freut sich. Und je fröhlicher sie ist, desto eher wird sie mir weiterhelfen. Glaub mir, ich kenne die Frau schon ziemlich lange.«

»Wie du meinst.« Konstantin startete den Motor erneut und fuhr die kurze Strecke zur Inselbacktube. Ich winkte Helene zu, die mal wieder in ihrem Garten werkelte. In ihrem früheren Leben musste sie ein Maulwurf gewesen sein. Ständig grub, jätete und harkte sie im Boden herum.

Eigentlich wollte ich nur schnell in die Backstube huschen und ein paar Stücke Kuchen aus der Kühlung nehmen, doch natürlich tollte Norah mit Balou im Hof herum.

»Tante Nele!«, rief sie erfreut. »Fahren wir jetzt zu Cookie? Du hast es gestern versprochen.«

»Ich muss erst noch etwas erledigen«, sagte ich. »Ich hole dich in einer Stunde ab, okay?«

»Können wir nicht gleich fahren? Balou würde sich soooo freuen.« Als er seinen Namen hörte, ließ der kleine Hund sein Spielzeug fallen – ein rosarotes Quietscheschweinchen – und sah Norah mit funkelnden Augen an.

»Bitte, gedulde dich noch ein wenig. Es dauert wirklich nicht lang.«

»Aber du könntest mich doch schon mal zu Emma bringen. Sie hat bestimmt nichts dagegen«, bettelte Norah.

Ich seufzte und zog mein Handy aus der Tasche, um meine Freundin anzurufen.

»Was gibt's, Nele?«, fragte Emma. Ich hörte das Lachen aus ihrer Stimme heraus. Seit Günni an ihrer Seite war, war sie noch fröhlicher als sonst.

»Können Norah und Balou schon jetzt bei euch vorbeikommen? Sie hält es gar nicht mehr hier aus.«

»Na klar. Wir machen gerade Frühstück, aber Cookie ist schon zu allen Schandtaten bereit. Bring die beiden ruhig vorbei. Und bring Kuchen mit.«

»Alles klar. Dann bis gleich.«

Ich schickte Norah ins Haus, damit sie ihre Sachen holen und Torben Bescheid sagen konnte. Unterdessen plünderte ich die Kuchenreste in der Backstube. Mit einigen Tüten beladen stieg ich wieder ins Auto. Norah und Balou kletterten auf die Rückbank.

»Wir müssten erst kurz bei Emma vorbeifahren«, sagte ich mit einem schiefen Grinsen und schielte auf die Rückbank.

»Verstehe.« Konstantin lachte. »Kein Wunder, dass du

noch nichts herausgefunden hast, wenn es bei dir immer so lange dauert, bis du an Informationen kommst. Sollen wir Fiete vielleicht noch bei der Ernte helfen, bevor wir jetzt endlich zu Trude fahren? Oder eine von Claudines Alpakawanderungen übernehmen?«

»Blödmann«, sagte ich.

Aber beim Stichwort Alpakawanderung kam mir eine Idee. Darüber musste ich später unbedingt mit Claudine sprechen.

22

Trude und Sarah saßen in der Küche wie alte Freundinnen, die sich lange nicht gesehen und sich unglaublich viel zu erzählen hatten. Ich kam mir vor wie ein Eindringling, als ich mit Konstantin in diese traute Zweisamkeit platzte, aber die große Papiertüte aus der Inselbackstube reichte aus, um Trude ein breites Lächeln ins Gesicht zu zaubern.

»Das ist aber schön, dass ihr kommt«, sagte sie.

Überraschende Worte aus dem Mund der sonst so mürrischen alten Frau. Auch wenn ich mir durchaus bewusst war, dass ihre Freude mehr dem Kuchen als uns galt.

»Komm Nele, sei so gut und stell noch zwei Gedecke dazu«, forderte mich Trude auf. »Ihr trinkt doch eine Tasse Kaffee mit uns, oder?«

»Wie ist es für dich, wieder hier zu sein?«, fragte Konstantin und setzte sich neben Sarah.

»Befreiend«, sagte sie.

Überrascht stellte ich Tassen und Teller ab. Mit dieser

Antwort hätte ich nicht gerechnet. Seltsam, beklemmend, aufwühlend – solche Begriffe wären mir eher in den Sinn gekommen.

Auch Konstantin schien überrascht zu sein. »Befreiend?«, hakte er nach.

»Ja, das mag eigenartig klingen, aber der Dachboden dieses Hauses war zwei Jahre lang ein Gefängnis für mich. Nun kann ich ein und ausgehen, wie ich will. Trude ist nicht das andere Mädchen, das wegen mir leiden muss, sondern eine Frau, mit der ich mich auf Augenhöhe unterhalten kann. Ich muss nicht leise sein. Ich darf lachen, die Fenster aufreißen und in den Garten gehen – ich empfinde das als große Freiheit. Es ist ein geradezu triumphales Gefühl.«

»Mhm«, brummte Trude und kramte in der Tüte der Inselbackstube. Sie drapierte die Kuchenstücke auf die Porzellanplatte, die ich mit zum Tisch gebracht hatte.

»Aber am meisten bedeutet mir, dass Trude mich mit offenen Armen empfangen hat. Ich hätte niemals damit gerechnet. Du hast so viel wegen mir durchgemacht. Es ist keine Selbstverständlichkeit, dass ich an diesem Tisch sitzen darf.«

»Es ist eine Schande, was die Nazis angerichtet haben«, brummte Trude. »Eine Schande. Nehmt euch Kuchen.«

Ich verteilte die Kuchenstücke auf die Teller. Konstantin schrieb etwas in sein Notizheft. Er war schon wieder ganz der Schriftsteller, dabei waren wir doch hier, um herauszufinden, wo sich die Praxis des Psychologen befunden hatte. Am besten, ich fragte Trude geradeheraus, ob sie wusste, was ihre Mutter gemacht hatte, wenn sie in Stralsund war. Oder war das zu übergriffig? Ich legte mir gerade die Frage zurecht, drehte und wendete die Formulierungen im Geiste, als es fröhlich aus Sarah herausplatzte.

»Stellt euch vor, Trude hat mir sogar angeboten, dass ich hier wohnen kann. Sie hat ein ganz bezauberndes Gästezimmer im Erdgeschoss. Ist das nicht wunderbar?«

Konstantin und ich warfen uns einen erleichterten Blick zu. Immerhin dieses Problem war gelöst.

»Und das macht dir wirklich keine Umstände, Trude?«, fragte ich. »Wir können auch …«

»Unsinn«, winkte die alte Frau ab. »Sarah bleibt hier. Wir kommen bestens zurecht.«

»Dann bringe ich nachher gleich deine Sachen herein«, sagte Konstantin zu Sarah. »Dein Koffer ist sowieso noch im Auto.«

»Ja, das wäre wunderbar. Würde es dir etwas ausmachen, wenn du ihn gleich holst? Wenn ich ehrlich bin, möchte ich mir gerne andere Schuhe anziehen. Und dann hinauf auf den Dachboden.«

»Kein Problem.« Konstantin ging nach draußen und holte Sarahs Gepäck. Gemeinsam verschwanden sie im Gästezimmer.

Ich nutzte die Gelegenheit, ungestört mit Trude sprechen zu können.

»Trude, ich habe eine Frage. Kannst du dich daran erinnern, dass deine Mutter öfter mal nach Stralsund gefahren ist? Hatte sie da vielleicht eine Freundin? Oder besuchte sie dort einen Arzt?«

»Warum möchtest du das wissen?«, fragte die alte Frau misstrauisch. »Ist das für Konstantins Buch? Geht es um ihre Widerstandskontakte? Unser Leben hat sie damit in Gefahr gebracht, und wahrscheinlich wäre es ihr vollkommen egal gewesen, wenn ich sterbe.«

Oh je, ich war die Sache falsch angegangen. Vielleicht half nur gnadenlose Ehrlichkeit. Immerhin hatte Trude auch ihr Lebensgeheimnis vor mir gelüftet.

»Nein, darum geht es nicht«, sagte ich besänftigend. »Es geht um mich, um meine Familie. Genauer gesagt, um meinen Vater.«

Ich sah, wie Trude sich entspannte. Sie schob sich ein Stück Kuchen in den Mund. Ein Krümel verirrte sich an ihr Kinn und blieb dort kleben.

»Er muss im Jahr 1994 öfter in Stralsund gewesen sein. Und einmal hat ihn deine Mutter dort getroffen«, erklärte ich.

»Na und?«, fragte Trude. »Warum interessiert dich das?«

»Weil Oma in ihrem Tagebuch geschrieben hat, dass Papa angeblich depressiv war. Und dass er in Stralsund einen gewissen Dr. Wolf aufgesucht hat. Es praktiziert kein Psychologe mehr mit diesem Namen in Stralsund, aber vielleicht hat er einen Nachfolger und es gibt die Praxis noch. Dafür bräuchte ich aber eine Adresse.«

»Dein Vater und depressiv? Tsss«, zischte Trude. »Niemals. Eher das Gegenteil. Ein bisschen zu lebenslustig war er, der Hanno, wenn du mich fragst. Hab schon immer gesagt, dass das kein gutes Ende nehmen wird, wenn einer das Leben so leicht nimmt.«

Da war sie wieder, die alte Trude.

»Vielleicht war seine Fröhlichkeit nur eine Maske«, sagte ich. »Depressionen haben viele Gesichter.«

»Ach, hör mir doch mit diesem neumodischen Zeug auf. Depressionen, dass ich nicht lache. Was soll das sein? Faulheit? Schwäche? Trübsinn? Klingt nur nicht so gut, oder?«

»Das sind harte Worte aus deinem Mund, Trude. Du hast doch selbst so viel durchgemacht, hast bestimmt auch viele schwarze Tage erlebt.«

»Natürlich habe ich das. Wie alle anderen im Krieg auch. Aber hätte es mir geholfen, wenn ich in meine Schürze geheult und gejammert hätte? Nein, Depressionen sind nur eine Ausrede, weil man nicht stark genug ist, das Leben auszuhalten.« Trude starrte verbissen aus dem Fenster.

Ich stocherte da gerade in sehr gefährlichem Gebiet und spürte, dass die Stimmung gleich kippen würde. Das lag bestimmt an Trudes Vergangenheit. Ich konnte mir gut vorstellen, dass sie phasenweise selbst schwer depressiv gewesen war, sich aber nie erlaubt hatte, diese Gefühle zuzulassen. Nun reagierte sie mit Verachtung und Verbitterung darauf.

»Wahrscheinlich hast du recht«, sagte ich deshalb, obwohl ich anders darüber dachte. »Aber trotzdem würde mich interessieren, wo die Praxis war.«

»1994 sagtest du?« Trude schaute grübelnd zur Decke. »Da war meine Mutter schon zweiundachtzig Jahre alt. Fast alle ihre Freunde waren tot. Außer Thekla. Sie hat in Stralsund gewohnt, in der … ach, wie hieß noch mal die Straße?« Trude stützte den Kopf in die Hände.

Konstantin kam in die Küche.

»Na, warum guckt ihr denn so nachdenklich aus der Wäsche?«, fragte er.

»Trudes Mutter Gunilla hatte tatsächlich eine Freundin in Stralsund. Aber Trude kann sich nicht mehr an den Namen der Straße erinnern, in der sie gewohnt hat«, erklärte ich.

»Ist ja auch verdammt lang her«, sagte Konstantin.

»Mir fällt das schon wieder ein«, sagte Trude. »Ähm, Mozart, ähm, nein … Hach, es liegt mir auf der Zunge.« Sie kratzte sich an der Schläfe. »Sebastian-Bach-Weg. Nein, das war es auch nicht. Aber irgendwie so. Ein Musiker.«

»Robert Schumann?«, sagte ich aufs Geratewohl.

»Ludwig van Beethoven?«, schlug Konstantin vor.

»Georg Friedrich Händel?«, riet ich weiter.

»Jetzt hört aber auf«, schimpfte Trude. »Ihr macht mich ja ganz verrückt.« Sie stand auf und schlurfte in der Küche auf und ab. Ging zum Fenster, starrte hinaus. Wühlte in der Besteckschublade.

Konstantin und ich sahen uns etwas hilflos an.

»Schubert war's«, sagte sie plötzlich. »Die Straße hieß Franz-Schubert-Straße. Ich bin mir hundertprozentig sicher.«

»Danke, Trude.« Ich nahm mein Handy aus der Tasche und tippte die Straße ein.

Auf Google Maps erschien ein ganz normales Wohngebiet, ein Haus neben dem anderen, aber nirgendwo eine psychologische Praxis.

Ich vergrößerte den Kartenausschnitt und sah mich in der Umgebung um. Bingo! In einer angrenzenden Straße gab es eine Praxis.

»Das muss sie sein«, sagte ich zu Konstantin und hielt ihm das Handy unter die Nase. »Jetzt ist die große Frage, ob der Nachfolger die alten Akten aufgehoben hat.«

»Und ob dir dieser Dr. Jakobs Auskunft darüber gibt«, sagte Konstantin.

»Ich werde ihn morgen in der Früh gleich anrufen«, sagte ich. »Oder nein, ich muss hinfahren. Von Angesicht zu Angesicht lässt sich das am besten besprechen. Aber jetzt fahren wir erst mal zu Emma. Bestimmt warten schon alle auf uns.«

23

»Nele, darf ich dir Herta vorstellen?« Emma deutete auf Günnis Mutter, eine kleine, mollige Frau mit einem unglaublich sanften Gesichtsausdruck. Man konnte sich gar nicht vorstellen, dass der große, durchtrainierte, tätowierte Günni wirklich ihr Sohn war.

»Hallo, schön dich kennenzulernen«, sagte ich und reichte Herta die Hand.

»Ich freue mich«, sagte Herta mit einem Lächeln, das ihr ganzes Gesicht zum Strahlen brachte. »Kein Wunder, dass sich Günni hier so wohl fühlt – lauter nette Leute auf einem Haufen.« Herta machte eine unbestimmte Geste, die Emmas ganzen Garten einschloss.

Hier war gerade mächtig etwas los. Balou und Cookie jagten sich in abenteuerlichem Tempo, Günni und Tilo nestelten am Grill herum, Sabine flocht Norahs Haare zu einem Zopf, weil meine kleine Nichte mittlerweile genauso zerzaust aussah wie die beiden Hunde und Torben und Claudine standen tuschelnd in einer Ecke.

Sie sahen ziemlich vertraut aus. Ob mein Bruder endlich seine Bedenken über Bord geworfen und Claudine seine Gefühle gestanden hatte? Ich schaute genauer hin, ob ich irgendeine unauffällige Geste bemerkte – ein zärtliches Lächeln, eine liebevolle Berührung – aber ich konnte nichts dergleichen erspähen.

»Warum ist Konstantin eigentlich wieder auf Timmeritz?«, fragte Emma. »Ich dachte, er ist in der Schweiz, um für seinen Roman zu recherchieren.«

Ich hatte beschlossen, dass die Depressionen meines Vaters Familienangelegenheit waren und ich vorerst nicht mit meinen Freundinnen darüber sprechen wollte. Deshalb sagte ich Emma nur die halbe Wahrheit.

»Sarah wollte noch einmal nach Timmeritz. Da hat Konstantin sie kurzerhand ins Auto gesetzt und hierher gebracht.«

»Wirklich? Und wo ist sie jetzt?«

»Bei Trude.«

»Ob das gut geht?«, sagte Emma düster.

»Die beiden verstehen sich erstaunlich gut. Es scheint so, als würde Trude endlich Frieden schließen wollen mit diesem dunklen Kapitel aus ihrem Leben. Und Sarah hat auch einiges zu verarbeiten. Stell dir vor, sie wollte tatsächlich noch mal auf diesen Dachboden, wo sie sich zwei Jahre vor den Nazis versteckt hat.«

»Unglaublich!« Emma schüttelte sich. »Keine zehn Pferde würden mich da noch mal hochbringen.«

»Sarah ist eine außergewöhnliche Frau. Sie war Psychotherapeutin und strahlt eine unglaubliche Gelassenheit aus.«

»Na ja, bei dem, was sie durchgemacht hat, wird man wohl entweder verrückt oder unverwundbar«, sagte Emma. »Ich wäre bestimmt verrückt geworden. Und wo ist Konstantin jetzt? Immer noch bei den zwei alten Damen?«

»Nein, er sitzt im Auto und telefoniert mit seinem Agenten. Kommt aber sicher gleich. Sag mal, warum wird hier jetzt eigentlich gegrillt?«, fragte ich. »Sagtest du vorher am Telefon nicht, dass ihr gerade erst frühstückt?«

»Erstens war das nicht gerade, sondern vor ein paar Stunden. Zweitens hat Günni großen Hunger, in jeder Hinsicht, wenn du verstehst, was ich meine.« Emma zog ein paar Mal hintereinander ihre Augenbrauen nach oben. »Und drittens war mein Garten auf einmal voller Menschen, da bietet es sich doch an, oder?«

»Na ja, grillen geht immer«, stimmte ich schulterzuckend zu.

»Eben. Ich werd jetzt mal kurz den Tisch decken und für Getränkenachschub sorgen«, sagte Emma.

»Ich helfe dir«, bot ich an, doch Emma winkte ab.

»Das macht Herta. Für sie gibt es nichts Schöneres, als in der Küche herumzuwursteln, zu putzen und Gäste zu bewirten. Verrückt, oder?« Emma lachte. Ihr war Hausarbeit ein Graus und Kochen hielt sie für absolut überbewertet.

Und tatsächlich, kaum sah Herta, dass Emma leere Flaschen aufsammelte und sich auf den Weg ins Haus machte, folgte sie ihr, nicht ohne vorher herumzufragen, was die Anwesenden gerne trinken würden. Ich sah zum Gartentor, ob Konstantin kam, aber er saß immer noch im Auto und telefonierte. Dann konnte ich genauso gut zu Claudine gehen und ihr von meinem Plan erzählen.

»Kann ich deine Angebetete mal für einen Augenblick entführen?«, fragte ich Torben und hakte mich bei Claudine unter.

Er rollte mit den Augen und brummte etwas, das ich nicht verstand.

»Was gibt's?«, fragte Claudine.

Ihre Wangen waren leicht gerötet und ihre Augen strahlten. Ich grinste in mich hinein.

»Ich habe eine Idee. Aber du musst mir bei der Umsetzung helfen.«

»Nichts lieber als das. Geht es um deinen Vater?« Claudine sah mich interessiert an.

»Nein. Damit komme ich allein zurecht. Kann sein, dass ich morgen in der Backstube früher Schluss mache. Aber jetzt geht es um Laura.«

»Um Laura?«, fragte Claudine. »Was ist mit ihr?«

»Sie steht auf Lukas. Aber es ist ihr peinlich, ihn um ein Date zu bitten. Sie will sich ihm nicht an den Hals werfen. Außerdem glaubt sie, dass sie keine Chance bei ihm hat.«

»Ich denke nicht, dass er etwas dagegen hätte«, sagte Claudine. »Laura ist sehr hübsch. Und ein wirklich lieber Mensch.«

»Ja, aber leider auch schüchtern und in Männerangelegenheiten nicht gerade selbstbewusst. Dabei hätte sie es so verdient, endlich ihren Mr. Right zu finden.«

»Und jetzt willst du Amor unter die Arme greifen?«

»Sozusagen. Ich stelle mir vor, dass du Lukas bittest, eine der Alpakawanderungen zu begleiten, damit er besonders interessierten Gästen etwas über diese Tiere erzählen kann. Und dann, am Tag der Wanderung, bist du auf einmal krank und Laura springt für dich ein. Schon sind die beiden für zwei Stunden zusammen. Da wird der Funke doch wohl überspringen, oder?«

»Mit Sicherheit. Und wenn die Chemie zwischen den beiden nicht stimmt, dann hat Laura es wenigstens versucht und braucht sich nicht ewig den Kopf darüber zu zerbrechen«, sagte Claudine.

»Du hilfst mir also?«

»Natürlich.«

Claudine und ich lächelten uns verschwörerisch an. Emma kreischte. Sie kam gerade mit einem voll beladenen Tablett aus dem Haus und die Hunde jagten ohne Rücksicht durch ihre Beine. Einige Flaschen und Gläser schwankten bedrohlich, blieben aber wie von Zauberhand auf dem Tablett stehen. Ein paar Scheiben Brot segelten jedoch auf den Rasen und wurden sofort von den Hunden als Beute davongeschleppt.

Herta nahm die Verfolgung auf, doch die beiden wuschligen Monster verzogen sich in die Büsche.

»Cookie bekommt immer Durchfall von Brot«, schimpfte sie. »Dieser ungezogene Schlingel.«

»Er wird es überleben«, sagte Günni. »Ist ja nicht das erste Mal.«

»Du und dein Hund«, grummelte sie. »Ich lass euch viel zu viel durchgehen.«

»Keine Sorge, Herta. Bei mir werden andere Seiten aufgezogen«, scherzte Emma.

»Ach, Herzchen.« Herta grinste und tätschelte Emmas Arm.

Jeder, der Emma auch nur fünf Minuten kannte, wusste, dass in ihrem Leben alles andere als Zucht und Ordnung herrschte. Sie war das wandelnde Chaos auf zwei Beinen.

Es wurde ein herrlich trubeliger Nachmittag. Alle redeten durcheinander, es gab viel zu viel zu essen und als sich jeder eigentlich nur noch mit vollem Bauch auf eine Gartenliege zurückziehen wollte, um ein paar Stunden zu schlafen, trieb uns Norah an den Strand.

Genau wie die Hunde schien sie über unerschöpfliche Energiereserven zu verfügen. Sie tobte im Meer, bis sie ganz blaue Lippen hatte und ließ sich glücklich von Torben trockenrubbeln, nur um dann mit Balou und Cookie an der Seite einzuschlafen.

»Dieses Kind ist einfach ein waschechtes Inselgewächs«, sagte Sabine seufzend. »Ich kann mir gut vorstellen, dass sie einmal hier leben wird.«

»Wäre das so schlimm?«, fragte ich.

Ich lag träge im Sand und genoss die warmen Sonnenstrahlen auf der Haut, die sich gerade einen Weg durch die Wolkenschicht kämpften. Konstantin war mit den Männern schwimmen gegangen, aber mir war es heute zu kalt. Außerdem genoss ich es, einfach mal nichts zu tun, in den Himmel zu starren und der Geräuschkulisse des Meeres zu lauschen.

»Ja. Nein.« Sabine schnaufte. »Ich will doch nur das Beste für sie.«

»Na ja, so schlimm ist es auf Timmeritz auch wieder nicht.« Ich setzte mich auf und sah Sabine in die Augen.

»Du weißt, was ich meine«, sagte Sabine.

»Ja, das weiß ich. Du hast Angst, dass sie Bäckerin wird.«

»Nele, ich wollte nicht … Also …«, stammelte Sabine.

»Schon gut«, winkte ich ab. »Du solltest Norah einfach mal machen lassen. Sie ist ein kluges Mädchen. Und es gibt auf Timmeritz durchaus noch andere Berufsmöglichkeiten als Bäckerin.«

»Ich will einfach nicht, dass sie unglücklich wird.«

»Nur, weil du dir kein Leben auf Timmeritz vorstellen kannst, heißt das nicht, dass das auch auf Norah zutrifft.« Ich lächelte Sabine an. »Mach dir nicht so viele Sorgen. Wenn Norah bei Entscheidungen auf ihr Herz hört, kann sie gar nicht falschliegen.«

»Wahrscheinlich hast du recht. Bei mir liegen die Nerven zur Zeit einfach ein bisschen blank. Ich habe Angst, dass ich Norah mit meiner neuen Beziehung zu viel zumute.«

»Ich glaube, da zerbrichst du dir ganz umsonst den Kopf. Sie findet Tilo super. Außerdem hätte sie sonst nie einen Hund bekommen. Und ich denke, dass klare Verhältnisse für sie besser sind, als die ständige Hoffnung, dass du vielleicht doch wieder mit Torben zusammenkommst.«

»Hm, so habe ich das noch gar nicht gesehen«, sagte Sabine nachdenklich, dann verzogen sich ihre Lippen plötzlich zu einem Grinsen. »Apropos Torben: Ich glaube, dass sich zwischen deinem Bruder und Claudine etwas anbahnt. Gestern Abend, es war schon nach neun, habe ich Torben aus der Wohnung über der Backstube schleichen sehen. Er hat sich umgesehen wie ein Einbrecher und die Mütze von seinem Kapuzenpulli ganz tief ins Gesicht gezogen.« Sabine kicherte bei der Erinnerung.

Na endlich, dachte ich. Das wurde aber auch Zeit! Blieb nur die Frage, wie lange die beiden ihre Liebe noch geheimhalten wollten.

24

Die Umrisse von Zingst schälten sich immer schärfer aus dem Horizont. Ich stand allein auf dem Oberdeck der Fähre und lehnte mich über die Reling. Der Wind zerzauste mir die Haare und ich genoss den Blick auf das Meer und die Küste. Eine Möwe hatte es sich seit der Abfahrt von Loddenhagen auf der Schiffsantenne gemütlich gemacht. Vielleicht hatte sie genau wie ich etwas auf dem Festland zu erledigen.

Mir wurde ganz flau im Magen, wenn ich daran dachte, dass ich Dr. Jakobs aufsuchen und nach dem Befinden meines Vaters befragen würde. Wäre der Psychologe überhaupt bereit, mit mir zu sprechen? Ich hätte vorher anrufen können, dann hätte sich der Weg nach Stralsund vielleicht erübrigt. Aber ich war der Ansicht, dass sich solche Dinge besser persönlich regeln ließen. Am Telefon konnte mich der Psychologe leicht abwimmeln, aber wenn er die Verzweiflung in meinen Augen sah, erklärte er sich vielleicht doch bereit, sich mit mir zu unterhalten.

In Zingst angekommen, suchte ich als Erstes die dortige Brotbude auf. Ich hatte mit Konstantins Vater Gerold abgesprochen, dass ich mir den Transporter für ein paar Stunden ausleihen konnte. Das sparte mir eine Menge Zeit, wenn ich nicht mit dem Bus bis nach Stralsund gondeln musste.

Olaf, der auch schon bei uns auf der Insel in den Brotbuden gearbeitet hatte, hatte heute Dienst und begrüßte mich mit einem freudigen Winken.

»Moin, Nele. Schön, dich zu sehen.«

»Freut mich auch. Wann kommst du mal wieder nach Timmeritz?«

»Schon in zwei Wochen. Hab mich als Urlaubsvertretung eintragen lassen. Ist einfach schön bei euch auf der Insel.«

»Super. Dann sehen wir uns auf jeden Fall.«

»Willst du noch einen Kaffee trinken, bevor du weiterfährst?«, fragte mich Olaf. »Wir haben hier seit neuestem Iced Cappuccino. Ist echt lecker.«

Ich schüttelte den Kopf. »Nein, danke. Ich bin sowieso schon spät dran.«

»Verstehe. Aber nimm wenigstens eine Flasche Wasser mit. Ist ganz schön heiß heute. Hier ist der Schlüssel.« Olaf legte ihn neben die Flasche Wasser auf den Tresen.

»Danke dir. Bis zum Ladenschluss bin ich zurück.« Ich winkte dem Verkäufer zu und stieg in den Transporter.

Auf der Fahrt nach Stralsund hatte ich keinen Blick für die Landschaft. Normalerweise genoss ich es, mal etwas anderes als Timmeritz zu sehen, aber heute war ich ganz in Gedanken. Grübelnd legte ich mir die Worte zurecht, die ich an den Psychologen richten wollte.

»Guten Tag, mein Name ist Nele Herz, ich bin hier, weil ich etwas über die Vergangenheit meines Vaters herausfinden möchte.«

Würde Dr. Jakobs darauf eingehen? Oder würde er sofort abblocken und sagen, dass jegliche Auskunft über Patienten tabu sei?

Ich könnte auch gleich mit der Tür ins Haus fallen. »Guten Tag, mein Name ist Nele Herz und mein Vater ist tot. Er war Patient bei ihrem Vorgänger Dr. Wolf und ich würde gerne herausfinden, was wirklich passiert ist.«

Wäre das besser? Würde es den Psychologen neugierig machen? Ich wusste es nicht. Am besten, ich verließ mich auf mein Gefühl und handelte aus dem Bauch heraus. Das war eigentlich immer die erfolgversprechendste Strategie.

Das Navi lotste mich durch die Straßen Stralsunds bis vor die Praxis des Psychologen. Ich fand eine Parklücke und stellte den Transporter ab. Dann atmete ich ein paar Mal tief durch, kontrollierte mein Aussehen im Rückspiegel und stieg aus dem Auto. Mein Mund war trocken und das Herz schlug mir bis zum Hals.

Das Bild meines Vaters erschien vor meinen Augen, wie er lachend in den Wellen stand, die Arme ausbreitete und mich in die Luft schleuderte. Wie er gemeinsam mit meiner Mutter unter dem alten Apfelbaum im Garten saß und immer wieder laut lachte. Wie sich die beiden umarmten. Das taten sie oft. Sie verabschiedeten sich nie ohne einen Kuss und eine Umarmung voneinander, selbst, wenn Mama bloß nach Loddenhagen zum Einkaufen fuhr.

Ich überquerte die Straße und betrachtete das goldene Praxisschild. Die Räumlichkeiten befanden sich im Erdgeschoss. Ich nahm meinen ganzen Mut zusammen und trat ein.

Ich stand in einem hellen Vorraum. Weiß getünchte Wände, bunte Farbdrucke, üppig blühende Orchideen am Fensterbrett. Hinter einer Theke aus honigfarbenem Holz saß eine Dame Mitte fünfzig, deren Lesebrille fast auf der Nasenspitze saß. Mit geschürzten Lippen tippte sie mit fliegenden Fingern auf einer Computertastatur, bis sie energisch die Enter-Taste drückte und mich anlächelte.

»Guten Tag. Was kann ich für Sie tun?«

»Ich weiß, ich hätte vorher anrufen sollen … Aber ich dachte mir, also ich hatte die Befürchtung …«, stammelte ich los. Erst dann fiel mir auf, dass ich mich gar nicht vorgestellt hatte. Ich räusperte mich. »Mein Name ist Nele Herz. Ich wollte fragen, ob es kurzfristig möglich ist, mit Dr. Jakobs zu sprechen.«

»Ein Notfall?« Die Praxishilfe schaute mich besorgt an. »Sie sind noch keine Patientin bei uns.«

»Ein Notfall?«, wiederholte ich. »Hm, ja, irgendwie schon. Aber es geht nicht um mich, sondern um meinen Vater.«

»Verstehe. Dr. Jakobs ist gerade im Gespräch. Wenn Sie fünfzehn Minuten warten können, findet er bestimmt einen Moment Zeit für Sie.«

»Das ist sehr freundlich.« Ich setzte mich auf einen

dick gepolsterten Ledersessel und starrte auf den Boden. Die Praxishilfe malträtierte wieder die Tastatur.

Die Minuten zogen nur langsam vorüber, es gab nichts, worauf ich meine Aufmerksamkeit hätte richten können. Keine Zeitschriften, keine Menschen auf der Straße, die ich beobachten konnte. Nur einmal hörte die Praxishilfe auf zu tippen, legte Papier in den Drucker und druckte etwas aus. Selbst, als kurz darauf das Telefon klingelte, tippte sie einfach weiter, den Hörer zwischen Kopf und Schulter geklemmt.

Ich überlegte einen Moment, ob ich mein Handy aus der Tasche nehmen und eine Nachricht an Konstantin schreiben sollte. Oder Facebook und Instagram checken. Oder einfach nur sinnlos im Internet surfen. Aber bevor ich mich dazu entschließen konnte, ging auch schon die Tür zum Behandlungszimmer auf – nannte man das bei einem Psychologen überhaupt so? – und ein Mann Ende dreißig kam heraus, lächelte der Praxishilfe zu und nickte in meine Richtung. Dann verließ er die Praxis.

1994 war mein Vater etwa so alt gewesen wie dieser Mann. Wie oft war er durch diese Tür gegangen, in der Hoffnung, Hilfe zu erhalten? Welche Geheimnisse hatte er Dr. Wolf anvertraut? Wie sehr hatte er unter den Depressionen gelitten?

»Sie können jetzt hineingehen«, sagte die Praxishilfe und lächelte mir freundlich zu.

Ich stand auf und ging zu Dr. Jakobs. Er empfing mich in der Tür und reichte mir die Hand.

»Nele Herz«, stellte ich mich vor. »Mein Vater war 1994 Patient bei Dr. Wolf.«

»Aha«, sagte der Psychologe. Es klang keinesfalls abwertend, eher neutral-interessiert.

Er schloss die Tür hinter uns und bat mich, Platz zu nehmen. Es gab eine Couch, aber auch zwei Sessel. Ich entschied mich für einen von ihnen und musterte den großen, grauhaarigen Mann: Sehr schlank, beinahe hager, randlose Brille, buschige Augenbrauen, Jeans, Hemd, sportliches Sakko. Er schlug die Beine übereinander und sah mich mit festem Blick an.

»Ihr Vater war also Patient bei Dr. Wolf. Und nun ist eine Situation entstanden, die Einsicht in seine Akten erfordert?«, fragte er mich. »Wir haben von offizieller Stelle keine Anfrage erhalten.«

»Mein Vater ist tot«, erklärte ich.

»Das tut mir leid«, sagte Dr. Jakobs.

»Er starb 1994 bei einem Segelunfall«, erklärte ich. »Auf jeden Fall dachte jeder, es sei ein Unfall gewesen. Aber mittlerweile zweifle ich daran.« Ich erzählte vom Tagebuch meiner Oma, den herausgerissenen Seiten und dem schrecklichen Verdacht.

»Das sind schwere Vorwürfe«, sagte Dr. Jakobs nachdenklich.

»Ich weiß. Ich fühle mich furchtbar«, gab ich zu.

»Verständlich. Es ist nur so, dass ich Ihnen nicht weiterhelfen kann. Ich habe die Praxis vor zwanzig Jahren übernommen, und damit auch einige von Dr. Wolfs Patienten, aber Ihr Vater war zu diesem Zeitpunkt bedauerlicherweise schon tot.«

»Aber vielleicht haben Sie seine alte Akte im Archiv?«, fragte ich hoffnungsvoll.

Dr. Jakobs schüttelte den Kopf. »Nein, tut mir leid.

Ich habe nur die Unterlagen der Patienten übernommen, die bei mir in Behandlung bleiben wollten.«

»Und was ist mit den anderen Akten passiert?«

»Nun ja, wahrscheinlich hat Dr. Wolf sie vernichtet, nehme ich an. Sie werden ihn aber nicht fragen können, er ist vor ein paar Jahren verstorben. Aber selbst, wenn die Akten noch existieren sollten, was ich ehrlich gesagt nicht hoffe, dann heißt das noch lange nicht, dass Sie ein Recht auf Einsicht haben. Wenn Ihr Vater dem zu Lebzeiten widersprochen hat, gilt sein Wille auch über den Tod hinaus.«

»Es gibt also keine Möglichkeit, herauszufinden, was wirklich mit meinem Vater los war?«, fragte ich enttäuscht.

»Kommen Sie mal mit.« Dr. Jakobs stand auf und ging zu seiner Praxishilfe. »Jutta, sag mal, hast du noch diese uralte Patientenliste von Dr. Wolf gespeichert?«

»Ja, die muss irgendwo sein, einen Moment.«

»Dr. Wolf hat in seiner Praxis schon sehr früh mit einem Computer gearbeitet«, erklärte Dr. Jakobs. »Er hat eine Liste mit all seinen Patienten geführt, wie oft sie hier waren, wie lang die Therapie dauerte und so weiter. Manchmal hat er auch Anmerkungen hinein geschrieben. Ich sage jetzt nicht, dass dieses Vorgehen besonders professionell ist, aber …« Dr. Jakobs sprach den Satz nicht zu Ende und erklärte auch nicht, warum er diese Liste überhaupt aufbewahrte, aber es war mir egal. Vielleicht bekam ich dadurch wertvolle Hinweise. Der Zweck heiligte schließlich die Mittel.

»Hier ist sie«, sagte die Praxishilfe. »Wie sagten Sie, war Ihr Name? Herz, oder?«

»Ja, genau. Wie das Organ, ohne t.«

Die Praxishilfe tippte den Namen ins Suchfeld. »Kein Treffer«, sagte sie. »Tut mir leid.«

»Das heißt, mein Vater war gar kein Patient von Dr. Wolf?«, fragte ich.

»Dafür kann ich nicht garantieren«, sagte Dr. Jakobs. »Ich weiß nur, dass mein Vorgänger diese Liste sehr akribisch geführt hat. Es ist also unwahrscheinlich, aber nicht ausgeschlossen.«

»Vielleicht kann die Krankenkasse darüber Auskunft geben?«, schlug die Praxishilfe vor.

»Kann ich mir nicht vorstellen. Die haben die Daten bestimmt längst vernichtet. Aber einen Versuch wäre es natürlich trotzdem wert. Außer, Ihr Vater hat Dr. Wolf bar bezahlt. Auch diese Möglichkeit gibt es. Nicht jeder möchte, dass seine psychischen Probleme aktenkundig werden. Manche geben auch einen falschen Namen an.«

Ich schnaufte frustriert.

Die Schatten der Vergangenheit würden sich nicht vertreiben lassen, sondern weiter die Gegenwart verdunkeln. Aber was sollte ich tun? Ich hatte alle Möglichkeiten ausgeschöpft. Natürlich konnte ich noch die Krankenkasse kontaktieren oder versuchen, Verwandte von Dr. Wolf ausfindig zu machen, ob sie zufällig alte Unterlagen aus seiner Praxis im Nachlass gefunden und aufgehoben hatten. Aber mal ehrlich, auf diese Weise einen Treffer zu landen, war unwahrscheinlicher als ein Sechser im Lotto.

25

Ich lehnte an der kühlen Hauswand vor der Praxis, schloss für einen Moment die Augen und atmete tief durch.

Es war sinnlos. Ich musste mich damit abfinden, dass ich nicht herausfinden würde, was damals passiert war. Hätte ich sofort auf Marga und Torben gehört, wäre mir viel Stress und Grübelei erspart geblieben.

»Geht es Ihnen nicht gut? Sie sind ja ganz blass«, riss mich eine Stimme aus meinen Gedanken.

Sie gehörte zu einer jungen Frau, vielleicht Ende zwanzig, die mich besorgt ansah.

»Oh, nein, nein, alles gut«, wehrte ich die plötzliche Fürsorge ab. »Ich muss nur einen Schluck trinken.«

»Dann kommen Sie mal mit rein und ich gebe Ihnen ein Glas Wasser. Ich heiße übrigens Julia.« Sie lächelte mich an und ich fragte mich beim Anblick ihres Mundes und der fantastischen Zähne, ob der Name eine Hommage an Julia Roberts war.

»Das ist sehr liebenswürdig, wirklich, aber mir geht es gut. Mein Auto steht gleich da drüben.«

»Keine Widerrede. In diesem Zustand setzen Sie sich nicht hinters Lenkrad. Am Ende bauen Sie einen Unfall, und ich mache mir mein Leben lang Vorwürfe.« Julia schob mich rigoros Richtung Eingangstür, und noch einmal betrat ich das Gebäude, in dem sich die psychologische Praxis befand.

»Gleich hier«, sagte Julia und deutete auf die andere Tür im Erdgeschoss. »Ist die Wohnung meiner Mutter. Ich gieße die Blumen und kümmere mich um die Post, solange sie im Urlaub ist.«

Wir betraten einen hellen Gang mit breiten Holzdielen und allerlei Kunst an den Wänden. Eine großformatige Porträtaufnahme zog meine Aufmerksamkeit auf sich. Es zeigte das Gesicht einer Frau, deren eigenwillige Schönheit mich sofort faszinierte. Dem Lächeln nach zu urteilen eindeutig Julias Mutter.

Ansonsten war die Wohnung sehr eigenwillig eingerichtet. Sündhaft teure Designklassiker standen neben lackierten Obstkisten, ein selbstgeknüpfter Teppich aus Stoffresten lag wie selbstverständlich neben einem noblen Perser.

»Ihre Mutter muss eine unkonventionelle Frau sein«, sagte ich.

Julia lachte. »Unkonventionell ist eine harmlose Umschreibung«, sagte sie. »Früher hat mich ihre Verrücktheit manchmal zum Wahnsinn getrieben. Heute bin ich froh, dass ich so eine außergewöhnliche Kindheit hatte. Aber jetzt setz dich erst mal. Ich sag jetzt einfach du. Das ist besser, oder? Ich hole uns etwas zu trinken.«

Immer noch überrumpelt, setzte ich mich aufs Sofa. Ich konnte selbst nicht so recht glauben, dass ich jetzt hier war, bei einer wildfremden jungen Frau, die fröhlich aus ihrem Leben erzählte.

»So. Hier, bitte.« Julia kam mit zwei Gläsern zurück und reichte mir eins davon.

Es war von der Kälte beschlagen. Hastig trank ich einen Schluck.

»Danke«, sagte ich schließlich.

»Nichts zu danken. Du hast wie ein Geist ausgesehen da draußen.« Julia grinste. »Und ich habe ein Helfersyndrom. Wahrscheinlich studiere ich deswegen auch Soziale Arbeit. Eigentlich sollte ich schon lange mit dem Studium fertig sein, aber ich mache immer so viel nebenbei, Ehrenamt und so … Oh, sorry, ich rede mal wieder zu viel.«

»Wie alt bist du denn?«, fragte ich.

»Bald siebenundzwanzig. Und du?«

»Sechsunddreißig.«

»Ah, okay.«

Wir saßen eine Zeit schweigend auf der Couch. Die Situation war etwas seltsam, schließlich kannten wir uns nicht und es gab keinen Grund, dass wir uns unterhielten wie alte Freundinnen. Am besten, ich trank mein Wasser aus und machte mich auf den Heimweg.

»Danke für das Wasser«, sagte ich deshalb ein paar Minuten später. »Es ist wirklich nett, dass du dich um mich gekümmert hast.« Ich stellte das Glas auf den Couchtisch und stand auf.

»Gerne.« Julia erhob sich ebenfalls.

Mein Blick glitt noch einmal durchs Wohnzimmer

und blieb an den vielen Fotos in unterschiedlichen Rahmen an der Wand hinter der Couch hängen. Es war eine bunte Galerie aus Schnappschüssen, Landschaftsaufnahmen, künstlerischen Schwarz-Weiß-Fotografien und Familienbildern.

Plötzlich erstarrte ich. Das konnte doch nicht wahr sein. Ich trat näher an die Couch heran, um das Foto aus der Nähe zu betrachten. Ich täuschte mich nicht. Es war mein Vater, der mir von dem Bild entgegen lächelte. Arm in Arm mit Julias Mutter.

»Hey, was ist los mit dir?«, fragte Julia. »Du siehst aus, als hättest du ein Gespenst gesehen.«

»Irgendwie habe ich das auch«, sagte ich stockend. »Der Mann da auf dem Foto, das ist mein verstorbener Vater.« Ich zeigte mit dem Finger auf das Bild.

»Dann bist du Nele?«, fragte Julia überrascht. »Nele Herz?«

»Woher …?« Ich vollendete den Satz nicht und setzte mich stattdessen wieder auf die Couch. Irgendwie fühlte ich mich ganz schwach auf den Beinen.

Julia setzte sich zu mir und sah mich einen Augenblick mit zusammengepressten Lippen an.

»Ich bin jetzt einfach schonungslos ehrlich, alles andere bringt doch eh nichts«, sagte sie schließlich.

»Was meinst du?«

»Meine Mutter Luisa und Hanno hatten eine Affäre. Es muss Liebe auf den ersten Blick gewesen sein.«

»Wie bitte?« Tränen stiegen mir in die Augen.

»Ich kann mir vorstellen, dass das ein ziemlicher Schock für dich ist. War es für deinen Vater wohl auch, nachdem was mir meine Mutter erzählt hat. Er hat dich, euch, seine ganze Familie, abgöttisch geliebt. Das hat er Mama von Anfang an klar gemacht: dass er euch niemals verlassen wird.«

»Woher weißt du das? Ich meine …« Ich ließ den unvollendeten Satz in der Luft hängen und dachte nach.

Eine Mutter würde sich wohl kaum mit ihrer Tochter über eine Affäre austauschen. Das machte man doch nicht. Außer … Mir stockte der Atem. Hatte Julia nicht gesagt, sie sei bald siebenundzwanzig? Das Jahr 1994 war genau siebenundzwanzig Jahre her. Ich schluckte. »Ist Hanno dein Vater?« Meine Stimme klang brüchig. »Sind wir Halbschwestern?«

»Nein. Mein Vater ist irgendein One-Night-Stand, den ich nicht einmal kenne. Meine Mutter erzählte mir, dass sie regelrecht unter Schock stand, als sie von Hannos Tod erfahren hatte. Danach hat sie sich mit Dates und Alkohol betäubt.«

»Und das sagst du so locker?« Julias Verhalten befremdete mich, nein, mehr als das, es machte mich wütend.

»Wie gesagt, meine Mutter ist eine sehr unkonventionelle Person. Das ist auch an mir nicht spurlos vorübergegangen.«

»Unkonventionell ist keine Entschuldigung dafür, eine Ehe zu zerstören.«

»Meine Mutter hat keine Ehe zerstört. Sie hat keinerlei Besitzansprüche an deinen Vater gestellt, sondern einfach nur die gemeinsame Zeit mit ihm genossen.«

»Das ist doch krank.« Ich war empört. Als könnte man eine Affäre so leicht rechtfertigen.

»Liebe hat viele Formen«, sagte Julia. »Es gibt nicht die eine allgemeingültige Version davon.«

»Du findest also Fremdgehen in Ordnung?« Oh Mann, warum unterhielt ich mich überhaupt mit dieser Frau.

»Ich mag schon allein den Begriff nicht. Aber vor allem möchte ich nicht darüber urteilen, wie andere Menschen ihr Leben leben. Das muss schließlich jeder selbst wissen.«

»Ach so? Das ist ja eine tolle Einstellung. Damit kann man jedes Unrecht rechtfertigen – Mord, Vergewaltigung, Diebstahl – am besten reden wir diesen Menschen einfach nicht in ihr Leben hinein.«

»Das ist doch lächerlich, Nele. Straftaten haben damit nichts zu tun. Und es geht auch nicht darum, dass wir in einer Gesellschaft ohne Regeln leben sollen, aber …«

»… Moral braucht es nicht«, vervollständigte ich ihren Satz.

»Auf jeden Fall keine Moralapostel«, erwiderte Julia schnippisch.

Wir starrten uns eine Weile schweigend an, bis Julia schließlich besänftigend die Hände hob.

»Es muss ein ziemlicher Schreck für dich sein, das alles aus dem Nichts heraus zu erfahren, und es tut mir aufrichtig leid. Aber ist es nicht verrückt, dass wir uns überhaupt über den Weg gelaufen sind? Ich meine, du bist in Stralsund und lehnst dich zufällig genau an das Haus, in dem die Frau wohnt, die vor siebenundzwanzig Jahren eine Affäre mit deinem Vater gehabt hat. Das ist doch Schicksal.«

»Nein, ist es nicht. Ich bin nicht zufällig hier.«

»Häh? Das verstehe ich nicht.« Julia runzelte die Stirn.

Ich überlegte, ob ich aufstehen und gehen sollte. Es gab keinen Grund und noch weniger eine Verpflichtung, Julia von den Tagebucheinträgen und tragischen Vermutungen meiner Großmutter zu erzählen. Aber irgendwie mochte ich die Frau. Und außerdem konnte man es durchaus als schicksalhaft ansehen, dass sie mich überhaupt angesprochen hatte. Wäre das nicht passiert, hätte mich die Ungewissheit vielleicht bis ans Ende meines Lebens verfolgt. Nun wusste ich immerhin über die Abgründe meines Vaters Bescheid, auch wenn die Wahrheit nicht unbedingt angenehm war.

»Kann ich bitte noch ein Glas Wasser haben?«, fragte ich. »Das ist nämlich eine längere Geschichte.«

26

»Oh mein Gott, du dachtest, dein Vater hat Selbstmord begangen und deine Mutter mitgerissen? Wie furchtbar! Das muss die Hölle gewesen sein.« Julia sah mich mitleidig an.

»Leicht war es nicht«, gab ich zu. »Wobei ich nicht weiß, wie ich die Alternative finden soll. Mein Vater ein Lügner und Betrüger. Auch nicht gerade schön.«

»Ich weiß, dass es mir nicht zusteht, dir zu sagen, wie du in dieser Situation fühlen sollst. Aber vielleicht ist es dir nach dem ersten Schock ja möglich, auch eine andere Sichtweise zuzulassen. Dein Vater hat euch so sehr geliebt. Und dann traf er meine Mutter, und er durfte noch einmal eine ganz neue Form der Liebe erfahren. Er hat euch nichts weggenommen, sondern nur sich selbst etwas geschenkt. Das ist kein Verbrechen.«

»Ich sehe das anders«, sagte ich. »Er hat meine Mutter hintergangen, meine Großmutter belogen und das Glück seiner Familie aufs Spiel gesetzt.«

»Wie gesagt, jeder entscheidet selbst, wie eng und

klein seine Welt sein soll«, sagte Julia. »Es gibt mehr Formen der Liebe, als irgendein überaltertes romantisches Ideal uns glauben machen möchte. Ich meine, es gibt über sieben Milliarden Menschen auf der Welt. Glaubst du wirklich, dass es darunter nur *den einen Richtigen* geben soll?«

»Hast du einen Freund?«, fragte ich.

»Ja. Thomas. Wir sind seit fünf Jahren zusammen. Und nein, wir führen keine offene Beziehung.« Julia lachte.

»Und warum nicht? Weil du es vielleicht doch nicht so gut findest, wenn er mit anderen Frauen rummacht?« Mein Ton klang patzig, trotzig, wie der eines Kindes.

»Mit anderen Frauen rummachen – das ist so abwertend«, sagte Julia. »Es geht nicht um Sex und darum, wild in der Gegend herumzuvögeln. Es geht um Liebe. Und wenn Thomas dieses außergewöhnliche Glück hätte, das Hanno und meine Mutter gehabt haben, dann würde ich es ihm von Herzen gönnen, ja.« Julia sah mir fest in die Augen. Sie meinte das wirklich ernst.

»Das ist verrückt. Sorry, aber ein anderes Wort fällt mir dafür nicht ein.«

»Meine Mutter hat ihr ganzes Leben lang unorthodoxe Beziehungen geführt. Wir haben viel darüber gesprochen, gerade, weil ich als Kind überhaupt nicht verstand, warum wir nicht einfach dieses Vater-Mutter-Kind-Ding leben konnten wie alle anderen auch. Es war nicht immer leicht für mich, die Fragen und Sticheleien der anderen Kinder auszuhalten. Glaub mir, ich habe oft mit meiner Mutter gestritten. Doch mit den Jahren habe ich erkannt, dass Liebe viel universeller ist, als einfach nur einen Mann zu heiraten und mit ihm bis ans Ende des Lebens zusammenzubleiben.«

»Na ja, sei mir nicht böse, aber man könnte auch einfach sagen, dass deine Mutter eine sehr unstete Person ist. Liebe und eine Beziehung sind auch immer eine Entscheidung.«

»Oh nein, Liebe ist keine Entscheidung. Du spürst sie.« Julia legte beide Hände auf ihr Herz. »Wenn du sie nicht mehr spürst, kannst du zwar mit deinem Partner zusammenbleiben, aber das ist dann keine Liebe mehr. Sondern Vernunft, Berechnung, Bequemlichkeit, was weiß ich.«

»Wie auch immer.« Ich stand auf. »Ich denke nicht, dass wir bei diesem Thema zu einer Einigung kommen werden.«

»Deswegen musst du aber nicht gleich davonlaufen«, sagte Julia. »Mama hat Fotos von Hanno. Willst du sie sehen?«

»Nein.« Ich schüttelte den Kopf. »Lieber nicht.«

»Du solltest dich mit meiner Mutter treffen, wenn sie aus dem Urlaub zurück ist. Sie hat dir viel zu erzählen.«

»Ich glaube nicht, dass ich das hören möchte«, sagte ich und wandte mich zum Gehen.

»Nele, bitte. Für meine Mutter war es auch nicht leicht. Sie hat nur aus den Nachrichten von dem Unfall gehört und konnte nicht einmal zur Beerdigung gehen. Sie hat mir erzählt, dass es schrecklich war und wie sehr sie mit euch gelitten hat.«

»Also, das ist ja an Heuchelei nicht mehr zu überbieten«, fauchte ich. »Danke für das Wasser. Ich finde allein hinaus.«

Fluchtartig verließ ich die Wohnung. Das war einfach zu viel für mich. Die Affäre meines Vaters und Julias laxe Lebenseinstellung, die absolut konträr zu meiner stand. Ich fühlte mich total durcheinander, unfähig, einen klaren Gedanken zu fassen. Benommen ging ich zum Wagen und setzte mich hinters Steuer, ohne den Motor zu starten.

Mein Vater hatte nicht Selbstmord begangen. Er war nicht absichtlich in einen Sturm gesegelt, um sich und Mama zu töten. Im Grunde sollte ich mich freuen. Er hatte *nur* eine Affäre gehabt. Aber trotzdem fühlte ich mich verraten.

Papa hatte Oma Edi belogen und ihr mit seinem Verhalten schweren Kummer bereitet. Ich wollte mir gar nicht vorstellen, wie oft sich Großmutter den Kopf zerbrochen und sich schuldig gefühlt hatte, weil sie meinem Vater nicht mit seinen Depressionen geholfen hatte. Und dabei war alles nur erstunken und erlogen gewesen, um Zeit mit einer anderen Frau verbringen zu können.

Wütend ließ ich den Motor an. Papa war immer mein Held gewesen – und nun das! Forsch lenkte ich den Transporter durch die Straßen und war froh, als ich Stralsund verlassen hatte und Gas geben konnte.

Wie sollte es jetzt weitergehen? Sollte ich Stillschweigen über die Affäre bewahren? Ich könnte einfach sagen, dass ich nichts herausgefunden habe. So bliebe wenigstens Torben der Schmerz erspart. Aber was, wenn er sich mittlerweile auch den Kopf über den Unfall zerbrach und an Papas Verhalten zweifelte? Mein Bruder würde das niemals an die große Glocke hängen, sondern einfach still vor sich hin leiden.

Eine schwere Entscheidung. Geheimnisse waren toxisch und konnten über die Jahre eine zerstörerische Kraft entfalten. Aber das konnte die Wahrheit auch.

Ich fuhr durch die Vorpommersche Boddenküste, ein wunderschönes Areal, eine Wildnis direkt am Meer. Normalerweise würde ich stehen bleiben und wenigstens ein paar Minuten die atemberaubende Natur genießen. Die ausgeprägten Wiesenflächen mit den seltenen Gräsern, die Schwärme von Vögeln, die einzigartigen Lagunen, die der Landschaft etwas geradezu Mystisches verliehen. Aber heute war kein normaler Tag. Ich wollte nur noch nach Hause. Zu Konstantin. Mich an seine Schulter kuscheln, die Augen schließen und für einen Moment die Vergangenheit vergessen.

27

Schon bevor ich das Haus betrat, roch ich den Duft nach geschmortem Rosmarin und Grillgewürz. Das Küchenfenster stand offen und ich hörte Brutzeln und ein lautes Zischen, als Konstantin einen kräftigen Schuss Wein in die Pfanne gab.

Was war ich froh, wieder hier zu sein! Ich sperrte die Haustüre auf und eilte in die Küche.

»Nele, Schatz!« Konstantin breitete die Arme aus.

Ich ließ mich hineinfallen, als wäre ich drei Wochen weg gewesen.

»Oh je, schlechte Neuigkeiten?«, fragte Konstantin und strich mir über die Haare.

»Ja und nein. Ich weiß selbst nicht, was ich davon halten soll.«

»Wie wäre es, wenn wir bei einem Glas Wein darüber reden. Das Essen braucht noch ein bisschen.«

Wir gingen auf die Terrasse. Schweigend saß ich in der Hollywoodschaukel und starrte aufs Meer. Konstantin drängte mich nicht zum Reden und ich versuchte, meine Gedanken zu ordnen. Doch etwas fehlte.

»Du hast die Schaukel geölt«, sagte ich. »Ohne das Quietschen kann ich gar nicht mehr so gut nachdenken.«

»Ehrlich?« Konstantin grinste. »Ich fand das Geräusch immer ein bisschen gruselig. Wie bei einem Horrorfilm. Die leere Hollywoodschaukel auf einer morschen Holzveranda, die schauerlich knarzt.«

»So ein Angsthase bist du? Das wusste ich gar nicht. Ich dachte immer, in deiner Nähe wäre ich sicher. Aber wahrscheinlich würdest du bei Gefahr das Weite suchen und ich müsste allein gegen die Eindringlinge kämpfen.« Die Blödelei tat mir gut. Ich spürte, wie die Anspannung des Tages von mir abfiel.

»Tja, es tut weh, die Wahrheit zu erkennen, nicht wahr?« Konstantin grinste schief.

»Ja, das tut es wirklich.« Ich trank einen Schluck Wein.

»Hey, war doch nur Spaß«, sagte Konstantin. »Kein Grund, so traurig zu gucken.«

»Ich habe heute die Wahrheit über meinen Vater herausgefunden«, sagte ich. »Und ich weiß nicht, ob ich lachen oder weinen soll.«

»Wonach ist dir denn?«, fragte Konstantin.

»Am liebsten würde ich meinem Vater eine kräftige Ohrfeige verpassen«, sagte ich.

»Wie bitte? Warum denn das?«

»Er war nicht depressiv. Er hatte eine Affäre. Und anscheinend keinerlei schlechtes Gewissen dabei.«

»Ach, Nele.« Konstantin stellte sein Glas ab und nahm mich fest in den Arm. »Es tut mir leid.«

»Ich sollte froh sein. Mein Vater war gesund, er hat keinen Selbstmord begangen und auch meine Mutter nicht mit in den Tod gerissen. Das sind doch gute Neuigkeiten, oder?«

»Natürlich sind sie das«, sagte Konstantin. »Das heißt aber nicht, dass das Verhalten deines Vaters richtig war.«

»Richtig? Falsch? Wer ist schon in der Lage, das zu beurteilen.« Ich erzählte von Julia und ihrer Mutter und deren seltsame Einstellung zu Beziehungen und zur Liebe.

»Eine solche Haltung vermag auf jeden Fall ein großes Maß an Offenheit und eine Loslösung von Besitzdenken. Das finde ich durchaus bewundernswert«, sagte Konstantin nachdenklich.

»Heißt das, du findest das gut? Werde ich dich mit einer anderen Frau teilen müssen, wenn ich mein Leben mit dir verbringen will?« Ich hörte selbst, wie gereizt ich klang.

»Nein, ich glaube nicht, dass ich der Typ für ein solches Leben bin. Ich liebe mit Haut und Haaren. Und zwar dich.«

»Das sagst du jetzt nur so.« Meine Stimme klang unsicher.

»Hundertprozentige Gewissheit gibt es nicht«, sagte Konstantin. »Ich kann mir einfach nicht vorstellen, dass mir so etwas passiert, weil ich dich über alles liebe. Aber ich bin Autor, die menschlichen Abgründe sind mein tägliches Brot.«

»Du schließt es also nicht aus.« Ich sah Konstantin in die Augen. Er hielt meinem Blick stand.

»Wenn ich das tun würde, wäre ich ein Lügner. Ganz

einfach deshalb, weil ich es nicht weiß. Niemand kann in die Zukunft schauen, niemand weiß, was noch kommen wird.«

»Das sind doch Ausreden«, sagte ich. »Ich kann dir auch garantieren, dass ich niemals jemand umbringen werde. Oder dass ich nicht klauen werde. Oder … Ach, du weißt, was ich meine.«

»Ja. Und höchstwahrscheinlich hast du damit recht. Vielleicht aber auch nicht. Diese Ungewissheit heißt Leben, das muss man aushalten.«

»Ich fühle mich gerade schrecklich altmodisch. Ich kann mit dieser Lebenseinstellung einfach nichts anfangen«, sagte ich.

»Denk an Veit. Er war auch ein verheirateter Mann und du hattest ein Verhältnis mit ihm«, erinnerte mich Konstantin an die Beziehung zu meinem ehemaligen Chef.

»Das ist doch etwas ganz anderes. Veit hat keine Kinder, und die Ehe besteht nur noch auf dem Papier. Seine Frau lebt schon lange mit einem anderen Mann zusammen. Ich würde mich nie in eine glückliche Ehe drängen. Niemals! Ich glaube an die große Liebe und daran, dass man ein Leben lang zusammenbleibt. Was ist denn so verkehrt daran?«

»Gar nichts«, sagte Konstantin. »Aber ich finde, Werte und Überzeugungen sollten dir Freiheit geben und kein Gefängnis darstellen.«

»Das verstehe ich nicht.«

»Der Glaube an die große Liebe ist wunderbar. Und er verleiht dir die Stärke, auch schwierige Zeiten mit deinem Partner durchzustehen. Er gibt dir Freiheit, weil du nicht ständig darüber nachdenken musst, ob du das Richtige tust. Aber du solltest dir immer die Option offenhalten, deine Glaubensgrundsätze zu überdenken und vielleicht auch über den Haufen zu werfen. Und zwar dann, wenn sie beginnen, dich einzusperren. Wenn ich mich in ein Ekelpaket verwandle, das säuft, dich demütigt und nur noch für Angst und Schrecken in deinem Leben sorgt, dann ist es an der Zeit, das Konzept der großen Liebe loszulassen. Sonst wird es zu einem Gefängnis.« Konstantin stand auf und ging in die Küche.

Ich dachte über seine Worte nach. Irgendwie kam ich mir total verkrampft und unmodern vor. Alle schienen ihre Grundsätze nach Lust und Laune variieren zu können, aber mir gelang das nicht. Ich wollte das auch nicht. Ich wollte ein ganz normales Leben führen, mit einem Mann an meiner Seite, der nur mit mir zusammensein wollte. Und nicht noch eine Liebschaft auf dem Festland unterhielt. War das wirklich zu viel verlangt?

28

»Amors Bogen ist gespannt«, sagte Claudine am nächsten Morgen in der Backstube mit einem verschmitzten Lächeln zu mir. »Jetzt muss er nur noch den Pfeil abschießen.«

Wir zogen gerade Strudelteig, weil wir einen Teil der reichlichen Kornapfelernte zu Apfelstrudel verarbeiten wollten.

Endlich, dachte ich, endlich geht es bei Torben und Claudine voran.

»Das freut mich«, sagte ich. »Ihr seid so ein schönes Paar.«

»Hm?« Claudine schaute mich verdutzt an.

»Na, Torben und du.« Ich grinste und zog die Augenbrauen nach oben.

Claudine lachte nervös, ein Hauch Röte zierte ihre Wangen. »Ich rede von Laura und Lukas«, korrigierte sie meine falschen Vermutungen. »Am Freitag werden sie gemeinsam zu einer Alpaka-Wanderung aufbrechen.«

»Ach so.« Ich lachte. »Das ist gut. Am Wochenende

findet ja auch der Inselflohmarkt statt. Die Stimmung ist super und alle Leute sind megagut drauf. Wenn es da nicht zwischen den beiden funkt, dann soll es wohl einfach nicht sein.«

Der Teig war jetzt zu seiner vollständigen Größe gezogen. Hauchdünn lag er vor uns. Perfekt. Ich bestrich ihn mit etwas geschmolzener Butter und Sauerrahm. Claudine stand mit den gehobelten Äpfeln bereit und verteilte sie großzügig auf dem Teig. Auf die Rosinen verzichteten wir bei diesem Exemplar. Wir hatten vorher schon einen Strudel mit Rosinen hergestellt, aber unsere Kunden waren da gespaltener Meinung. Die eine Hälfte liebte getrocknete Weinbeeren, die andere Hälfte verabscheute sie. Deswegen boten wir den Apfelstrudel immer in zwei Varianten an, so waren alle glücklich.

»Sabine hat mir erzählt, dass sie gesehen hat, wie Torben aus deiner Wohnung kam. Spätabends. Deswegen dachte ich, dass zwischen euch …«

»Wir lassen es langsam angehen«, sagte Claudine. »Torben war bei mir, weil wir über meinen Umzug gesprochen haben. Ich komme nicht umhin, das Haus in Schwarzenbek auszuräumen. Torben hilft mir dabei.«

»Oh je, das wird nicht leicht. Die ganzen Erinnerungen.« Ich schenkte Claudine einen mitfühlenden Blick. »Konstantin unterstützt dich bestimmt auch.«

»Nein, das möchte ich nicht. Ich will mit Torben allein sein, ihm mein früheres Leben zeigen. Oder einen wichtigen Abschnitt davon. Und ich will das tun, bevor ›Mein Land in deinen Händen‹ ins Kino kommt. Den Roman hat er bis jetzt immer noch nicht gelesen, worüber ich echt froh bin. Aber von der Kinopremiere werde ich ihn kaum fernhalten können.«

»Und du willst nicht, dass er ein falsches Bild von dir im Kopf hat, bevor er dich richtig kennengelernt hat?«

»Ich will nicht, dass er Mitleid mit mir hat. Das, was unserer Familie passiert ist, war schlimm. Aber ich habe den Lebensmut nicht verloren, ich sehe mich nicht als gebrochene Frau.«

»Das bist du auch nicht. Du bist eine der stärksten Personen, die ich kenne.«

»Weißt du warum? Weil ich immer Unterstützung bekommen habe. Erst von Konstantin und jetzt von euch. Es ist nicht schwer, das alte Leben aufzugeben, wenn das Paradies auf einen wartet.«

»Mit der Trauer musst du trotzdem leben.«

»Ja, das stimmt. Aber zum Glück habe ich hier so viel zu tun, dass mir gar keine Zeit bleibt, um in Trübsal zu versinken.«

Die Männer kamen von der Pause zurück.

»Na, das war ja klar. Wieder nur geschnattert, während wir weg waren, oder?« Phipps zeigte auf den halb fertigen Apfelstrudel.

»In der Ruhe liegt die Kraft«, sagte ich. »Und außerdem bin ich immer noch deine Chefin. Im Gegensatz zu dir darf ich quatschen, so viel ich will.«

»Wenn das nicht ein Fall für das Arbeitsgericht ist. Diskriminierung und Ungleichbehandlung von Angestellten, würde ich sagen. Torben, was sagst du dazu?«

»Halt die Klappe und mach dich an die Arbeit.« Mein Bruder verzog bei diesen Worten keine Miene, aber wir lachten schallend los.

»Was hast du eigentlich in Stralsund herausgefunden? Gibt es Neuigkeiten?«, fragte Claudine, als wir alle wieder bei der Arbeit waren.

»Nein, leider nicht«, sagte ich schnell. »Dr. Jakobs, der Nachfolger von Dr. Wolf, hat die Patientenakte von Papa nicht übernommen. Und Dr. Wolf ist vor ein paar Jahren gestorben.« Ich hatte mich noch nicht entschieden, ob ich über Papas Affäre reden wollte. Vielleicht war es besser, die ganze Sache für mich zu behalten. Und wenn, dann musste auf jeden Fall Torben der Erste sein, der davon erfuhr.

»Das tut mir leid«, sagte Claudine. »Weißt du schon, wie du weiter vorgehen willst?«

»Ich glaube, ich höre auf, in der Vergangenheit zu wühlen«, sagte ich. »Vielleicht ist es wirklich besser, die Toten ruhen zu lassen.«

»Kann ich gut verstehen.« Claudine lächelte mich an. »Aber du weißt, wann immer du Hilfe brauchst, bin ich für dich da.«

29

Nach der Arbeit drängte mich Norah zu einem Spaziergang mit Balou. Sabine und Tilo wollten ins Inselmuseum gehen, und darauf hatte Norah keine Lust. Viel zu langweilig!

»Was hältst du davon, wenn ich dich in einer Stunde abhole?«, fragte ich. »Ich würde gerne duschen und eine Kleinigkeit essen.«

»Eine Stunde? Das ist ewig lang«, maulte Norah. »Kannst du nicht schneller essen? Und das Duschen weglassen? Nach dem Spaziergang bist du sowieso wieder total schmutzig.«

»Na ja, ich habe nicht vor, mich wie Balou im Sand zu wälzen. Und nein, ich werde nicht schneller essen. Ich habe mir nach dem Arbeitstag eine kleine Pause verdient. Schließlich bin ich nicht wie du den ganzen Tag auf der faulen Haut gelegen.«

»Oh Mann, ich glaube, du wirst alt.«

»Und ich glaube, dass du ein wenig zu frech wirst«, sagte ich. »Ich hole dich in einer Stunde ab, okay?«

»Wenn ich bis dahin nicht vor Langeweile gestorben bin.« Norah gähnte übertrieben.

»Bis gleich.« Ich stupste ihr zum Abschied auf die Nase.

So aufmüpfig kannte ich Norah gar nicht. Seit Sabine mit Tilo zusammen war und Balou Einzug in ihr Leben gehalten hatte, war nichts mehr wie vorher. Meine kleine Nichte wurde frecher, eigensinniger und reagierte manchmal auch patziger, als sie es früher getan hatte. Bereits die Vorboten der Pubertät? Oder verarbeitete sie auf diese Weise die Trennung ihrer Eltern und den neuen Partner ihrer Mutter? Wenn ich nachher mit ihr allein war, würde ich sie darauf ansprechen. Wir hatten schon immer einen guten Draht zueinander gehabt und Norah vertraute mir Dinge an, über die sie mit sonst niemandem sprach.

Jetzt schwang ich mich aber erst einmal in den Sattel und radelte nach Hause. Es waren noch ein paar Reste vom Abendessen im Kühlschrank. Dazu ein eiskaltes Wasser mit einem Spritzer Zitrone, und ich hatte neue Energie. Als ich an Trudes Haus vorbeifuhr, sah ich Konstantins Leihwagen dort stehen. Schade, ich hätte mich gefreut, wenn er zu Hause gewesen wäre, aber natürlich verstand ich, dass die Arbeit an seinem Roman Vorrang hatte.

Als ich am Lustigen Aal vorbei radelte, stand Käte gerade draußen und goss Blumen. Ich winkte ihr zu.

»Wird Zeit, dass ihr Mädels mal wieder auf eine gemischte Platte vorbeikommt«, rief sie mir hinterher.

Da konnte ich ihr nur recht geben. Emma, Laura, Frauke und ich hatten schon lange keinen gemeinsamen

Abend mehr verbracht. Immer stand etwas an, immer gab es so viel zu tun. Das mussten wir wirklich schnellstmöglich ändern. Schließlich durfte man vor lauter Arbeit das gute Leben nicht vergessen. Freundschaft und ein lustiger Abend gehörten definitiv zum Wohlbefinden dazu.

Als ich in den Schotterweg zu unserem Haus einbog, sah ich ein Fahrrad am Gartenzaun lehnen. Margas Fahrrad.

Sie saß auf der Treppenstufe beim Hauseingang und sprang winkend auf, als sie mich sah.

»Nele, hallo«, begrüßte sie mich. »Ich glaube, wir müssen reden.«

»Ist etwas passiert?«, fragte ich besorgt.

»Nein. Ich möchte mich bei dir entschuldigen. Wegen neulich.«

»Na ja, ich war auch nicht gerade besonders freundlich«, sagte ich. »Aber jetzt komm erst mal rein.«

Wir gingen in die Küche und Marga packte ein paar Mitbringsel aus: selbst gemachte Marmelade und Tee.

»Danke«, sagte ich. »Was möchtest du trinken? Wasser und Zitrone?«

»Sehr gerne.«

»Geh schon mal auf die Terrasse und mach es dir gemütlich. Ich komme gleich.«

Während ich ein Tablett mit Getränken und ein paar Knabbereien zurechtmachte, dachte ich an das letzte Gespräch mit Marga. Wir waren nicht direkt im Streit auseinandergegangen, aber ich war ziemlich aufgebracht gewesen. Ich hatte Marga vorgeworfen, dass es Edis und ihre Aufgabe gewesen wäre, die Wahrheit über meinen

Vater herauszufinden. Und ich hatte sogar gesagt, dass meine Eltern vielleicht noch am Leben wären, wenn Edi anders reagiert und die Depressionen meines Vaters ernster genommen hätte. Wenigstens diesen Vorwurf konnte ich mittlerweile getrost vergessen. Papa war nicht depressiv gewesen. Wohl eher das Gegenteil.

Ich ging mit dem voll beladenen Tablett nach draußen. Marga hatte die Beine hochgelegt und starrte aufs Meer. Ich sah die geschwollenen Füße, die ledrige Haut, die bläulichen Adern. Auch Marga war nicht mehr die Jüngste. Und auch sie würde nicht ewig leben. Diese harten Worte zwischen uns waren so sinnlos gewesen, sie waren vergeudete Zeit. Ich würde in Zukunft anders reagieren. Gelassener. Das nahm ich mir fest vor.

»Klaus geht es sehr gut«, sagte Marga in das Rauschen der Wellen hinein. »Er hat mich gestern angerufen und gesagt, dass er keine Sekunde Ruhe hat. Entweder halten ihn die Kinder oder die Pferde auf Trab. Er hat sich sehr glücklich angehört.«

»Das freut mich zu hören. Ich bin ihm so dankbar, dass er uns das Haus verkauft hat. Er bereut es doch wohl nicht?«

»Nein. Kein bisschen. Er klingt zehn Jahre jünger.« Marga griff nach dem Glas Wasser. »Aber ich bereue, dass ich nicht schon früher das Gespräch mit dir gesucht habe. Der Streit zwischen uns, das hätte nicht so stehen bleiben dürfen.«

»Jetzt bist du ja hier«, sagte ich lächelnd und legte kurz meine Hand auf Margas Arm.

»Es tut mir leid, dass ich so abweisend reagiert habe, als du bei mir warst. Aber ich war einfach mit der Situation überfordert. Wenn ich ehrlich bin, habe ich all die Jahre versucht, die mögliche Tragödie zu verdrängen. Ich wollte unbedingt glauben, dass es ein Unfall war. Es hätte mir das Herz gebrochen, wenn sich Edis Theorie bewahrheitet hätte. Deswegen wollte ich es gar nicht wissen. Und ich glaube, im Grunde deines Herzens ging es deiner Großmutter genauso. Mit diesem Verhalten haben wir uns nicht mit Ruhm bekleckert, das ist mir klar, aber auch wir mussten irgendwie überleben, weiterleben. Die Zeiten waren hart genug, und Verdrängung schien uns der einfachste Weg zu sein.« Marga sah mich mit festem Blick an, aber in ihren Augenwinkeln glitzerten Tränen.

Eigentlich hatte ich mir vorgenommen, wenn überhaupt, dann neben Konstantin erst mal nur Torben in das tatsächliche Geschehen einzuweihen. Aber bei Margas gequältem Anblick brachte ich es nicht übers Herz, mit der Wahrheit hinterm Berg zu halten.

»Papa war nicht depressiv«, sagte ich. »Er hatte eine Affäre.« Der Klang dieser Worte hatte noch immer etwas Unwirkliches an sich, und Margas Gesichtsausdruck verriet mir, dass sie ebenso empfand.

»Wie bitte?« Sie trank einen großen Schluck, als könnte sie damit das Gehörte einfach wegspülen.

»Ich bin zu Dr. Wolfs Nachfolger nach Stralsund gefahren. Ich hatte gehofft, dort etwas über Papas Krankheit herauszufinden. Stattdessen habe ich erfahren, dass er sich bester Gesundheit erfreute und eine Liebschaft zu einer gewissen Luisa unterhielt. Du kannst dir vorstellen, wie perplex ich war.« Ich erzählte Marga von meinen Erlebnissen, von Julias komplett anderer Sichtweise auf die Dinge, von meiner Wut und meiner Verzweiflung.

»Warum hat Papa das getan?«, fragte ich. »Waren wir ihm nicht genug? Mama war so eine tolle Frau. Hübsch, immer freundlich, fleißig, fröhlich. Ich vermisse sie so. Ich vermisse sie beide.«

»Ach, Liebes.« Marga stand auf und nahm mich in den Arm.

Eine Zeit lang ließ ich mich trösten, genoss es, meinen Kopf an ihre Brust zu drücken wie ein Kind und mir über die Haare streichen zu lassen. Doch dann löste ich mich aus der Umarmung, schnäuzte mich und sah Marga direkt an.

»Hast du eine Erklärung für Papas Verhalten?«

Marga räusperte sich. Sah auf den Boden, es war offensichtlich, dass sie etwas wusste, worüber sie nicht sprechen wollte.

»Marga, rede mit mir, bitte«, flehte ich.

Egal, was ich gleich erfahren würde, alles war besser als diese schmerzhafte Ungewissheit. Ich wollte lieber mit der Wahrheit leben als mit einem Trugbild meines Vaters.

»Hanno war ein sehr energischer Mann«, begann Marga schließlich zu erzählen. »Er sprudelte über vor Lebensmut und Tatkraft. Er hatte immer etwas zu tun, Stillstand war ein Fremdwort für ihn.«

»Ich erinnere mich gut daran«, sagte ich. »Bei Papa hatte ich immer das Gefühl, dass ich in Sicherheit bin, mir absolut gar nichts passieren kann. Er war so stark. Ich kann mich nicht erinnern, ihn jemals schlecht gelaunt gesehen zu haben.«

»Du kannst dir vorstellen, dass Edi aus allen Wolken gefallen ist, als dein Vater von Depressionen gesprochen hat. Nichts hat weniger zu ihm gepasst als diese Krankheit.«

»Hat Oma ihn nicht damit konfrontiert? Dass er gar nicht depressiv wirkt? Dass sie ihm nicht glaubt?« Ich versuchte, mich an den Tagebucheintrag zu erinnern. Darin schrieb Oma von Papas Sorgen, dass die Modernisierung der Backstube so teuer sei und er deshalb Zukunftsängste hätte. Sie schien die Lüge geschluckt zu haben.

»Na ja, du kennst Edi ja. Eigenständigkeit ging ihr über alles. Sie wollte Hanno einfach mal machen lassen, ihn nicht bedrängen. Vielleicht hoffte sie auch, dass es nur eine Phase war, die von allein wieder verging.«

»Und Mama hat von dem Ganzen nichts mitbekommen? Das ist doch unvorstellbar.«

»Deine Mutter Henny war eine Träumerin. Sanftmütig, liebenswert und immer auf Harmonie bedacht. Sie hat sich um alles gekümmert, wollte, dass jeder aus der Familie glücklich ist. Aber manchmal schien es, als lebte sie in einer anderen Welt.«

»Glaubst du, dass Papa deswegen fremdgegangen ist?«

»Wie gesagt, dein Vater hat das Leben geliebt. Er hat sich mit voller Wucht hineingestürzt. Deine Mutter war eine sehr korrekte, zurückhaltende Frau. Das hat Hanno geerdet, Henny hat ihm die nötige Bodenhaftung verliehen und er hat sie wirklich abgöttisch geliebt. Das hat ihn aber nicht davon abgehalten …« Marga brach mitten im Satz ab. »Ach, vergiss es, es ist lange her.« Sie griff nach dem Wasserglas und trank.

»Wovon hat es ihn nicht abgehalten?«, bohrte ich nach. Ich würde jetzt nicht lockerlassen. Die größte

Bombe war schließlich schon geplatzt, egal, was Marga zu verheimlichen suchte, es konnte mich nicht mehr schockieren.

»Es war nicht Hannos erste Affäre«, gab Marga stockend zu. »Es gab da schon mal eine Frau. Hier auf der Insel.«

»Wer?«, fragte ich.

»Sie wohnt nicht mehr hier. Hanno hat die Affäre beendet, als Henny mit Torben schwanger war.«

»Hat Mama das gewusst?«

»Ja. Aber sie hat ihm verziehen. Und wir alle dachten, das wäre eine einmalige Sache gewesen. Aber vielleicht …«

»Was vielleicht? Vielleicht war Papa ein notorischer Fremdgänger?«

»Ich weiß es nicht, Nele. Und ganz ehrlich, ich finde, es geht mich auch nichts an.«

»Aber mich. Er war mein Vater.«

»Ja, genau. Dein Vater, nicht dein Ehemann. Ich kann mit voller Überzeugung sagen, dass Hanno dich, Torben und Henny vergöttert hat. Dieses Wissen von ihm solltest du in deinem Herzen bewahren. Nicht seine Verfehlungen. Niemand ist perfekt.«

30

Es klingelte.

»Entschuldige«, sagte ich zu Marga. »Ich sehe schnell nach, wer da ist.«

Wahrscheinlich irgendein Tourist, der fragen wollte, ob man unser Haus mieten könnte. Das kam öfter mal vor.

Mir war es ganz recht, aufzustehen und einen Moment durchatmen zu können, weil ich nicht recht wusste, was ich auf Margas Worte erwidern sollte. Meine Gefühle fuhren Achterbahn. Klar, da war einerseits die starke Liebe zu meinem Vater, aber andererseits auch Wut und Verzweiflung, weil er uns hintergangen hatte.

Ich öffnete die Tür und schaute in Norahs fröhliches Gesicht. Balou saß hechelnd bei ihren Füßen.

»Hallo Tante Nele!«

»Norah, was machst du denn hier? Wie …«

»Schau mal auf die Uhr!«, ermahnte mich meine Nichte. »Eine Stunde ist schon lange vorbei. Da habe ich mir gedacht, ich laufe dir entgegen. Aber du hast ja anscheinend noch nicht mal geduscht.« Norah zeigte auf meine Klamotten. Es waren die gleichen wie vorher.

»Marga ist überraschend zu Besuch gekommen«, sagte ich.

»Ist sie noch da?«

»Ja, auf der Terrasse.«

»Cool, ich muss ihr unbedingt Balous neueste Kunststücke vorführen.« Meine Nichte galoppierte mitsamt Hund an mir vorbei.

Ich nutzte die Zeit, um mich umzuziehen und mir wenigstens kurz das Gesicht zu waschen. Dann ging ich wieder nach unten.

»Begleitest du uns auf unserem Spaziergang?«, fragte ich Marga.

Sie klatschte gerade begeistert in die Hände, als sich Balou beim Wort »Peng« auf die Seite fallen ließ und tot stellte.

»Würde ich gerne. Aber es geht leider nicht. Wahrscheinlich explodiert der Anrufbeantworter und die Leute stehen schon vor unserem Haus Schlange, um einen Termin bei Lothar zu ergattern.«

»Wird wirklich Zeit, dass er einen Nachfolger findet«, sagte ich. »Ihr solltet endlich anfangen, das Leben zu genießen.«

»Wir genießen das Leben ja trotzdem. Auf Timmeritz kann man ja gar nicht anders«, sagte Marga fröhlich. »So, und jetzt mache ich mich auf den Heimweg.«

»Ich bringe dich zur Tür«, sagte ich.

Schweigend gingen wir durchs Haus.

»Denkst du, ich soll mit Torben darüber sprechen?«, fragte ich, als wir außer Hörweite von Norah waren. Papa war immer der große Held meines Bruders gewesen. Ich wollte ihm diese Illusion nicht nehmen.

Marga holte tief Luft. »Diese Entscheidung kann ich dir nicht abnehmen, Nele. Ich kann dir nur garantieren, dass von mir keine Menschenseele etwas erfährt.«

»Danke«, sagte ich und nahm sie in den Arm. »Danke für alles.«

»Nicht doch«, wehrte Marga ab. »Ich muss mich bedanken, dass du dieses große Rätsel der Vergangenheit gelüftet hast. Es hat mich über all die Jahre mehr belastet, als ich mir eingestehen wollte.«

»In Timmeritz kommt irgendwann alles ans Licht«, sagte ich. »Das hat seine Vor- und Nachteile.«

»So ist es wohl.« Marga ging zu ihrem Fahrrad und winkte mir zu.

Ich ging zurück auf die Terrasse und räumte den Tisch ab. Norah half mir dabei. Balou sah mich mit großen Augen an. In den Schälchen könnte sich doch durchaus ein Leckerli für ihn befinden, oder nicht? Ich warf ihm ein Stückchen Käse vor die Füße.

Norah ermahnte mich sofort. »Keine Belohnung ohne Befehl. Sonst verziehst du ihn. Haben wir in der Hundeschule gelernt.«

»Du gehst freiwillig in die Hundeschule?«, fragte ich überrascht.

»Klar. Macht viel mehr Spaß als Mathe und Erdkunde.«

»Das kann ich mir vorstellen. Komm, wir gehen.« Ich hatte meine Hand schon am Türgriff, dann hielt ich inne. »Meinst du, ich soll Badesachen mitnehmen?«

»Ein Handtuch wäre nicht schlecht. Ich hab meinen Badeanzug drunter.«

»Okay.« Ich stopfte Bikini und zwei Handtücher in meine Strandtasche und legte noch eine Flasche Wasser dazu.

»Bei Fuß«, sagte Norah zu Balou, kaum hatten wir das Haus verlassen. Der Hund ging brav an ihrer Seite.

»Erstaunlich, wie gut Balou auf dich hört«, sagte ich. »Und das nach so kurzer Zeit.«

»Wir üben auch täglich«, sagte Norah stolz. »Auf Tilo hört er nicht so gut und auf Mama gar nicht.«

Ich musste lachen. Das fand Sabine bestimmt nicht so toll. Ich hatte den Eindruck, dass sie gut auf einen Hund hätte verzichten können.

Wir bogen in den Holzweg zwischen den Dünen ein. Der Wind wehte nur mäßig, gerade genug, dass der Strandhafer neben uns leise raschelte. Vom Strand drang Kreischen und Gelächter, die Wellen rauschten, die Möwen schrien. Es war ein Sommertag wie aus dem Bilderbuch und ich merkte, wie ich mich entspannte.

Ich sog die würzige Meerluft ein, genoss die Sonnenstrahlen auf der Haut und das Wissen, dass Timmeritz mein Zuhause war. Hier fühlte ich mich wohl, hier war ich sicher. Egal, was mein Vater alles angestellt hatte, mein Leben war trotzdem gut. Und es war okay, wenn ich die Vergangenheit einfach Vergangenheit sein ließ und mich endlich auf die Zukunft konzentrierte.

Norah und Balou tollten durch den Sand. Mit einem Lächeln im Gesicht sah ich ihnen zu.

»Du musst mitspielen, Tante Nele. Balou liebt es, gejagt zu werden.«

»Ist das so?« Ich zog meine Schuhe aus und warf die Strandtasche auf den Boden. Dann sprintete ich hinter den beiden her. Schon bald kugelten wir alle drei durch den Sand und balgten uns lachend und unbeschwert. Mir ging allerdings viel schneller die Puste aus als Balou und Norah.

»Komm, wir kühlen uns ab. Du bist ganz rot im Gesicht« Norah zog sich das Kleid über den Kopf und stand im Badeanzug vor mir.

»Geht schon mal vor«, sagte ich. »Ich komme gleich nach.«

»Oh, nein. Das hast du vorher auch gesagt. Und wenn ich dich nicht abgeholt hätte, würdest du wahrscheinlich immer noch mit Marga auf der Terrasse sitzen.«

Seufzend schälte ich mich aus meinen Klamotten und schlüpfte in den Bikini. Als ich fertig war, ließ Norah das Handtuch fallen, das sie schützend vor mich gehalten hatte, und düste los.

»Wer als Letzter im Wasser ist, muss ein Eis zahlen«, quietschte sie. Balou sprang bellend neben ihr her. »Erster«, rief Norah glücklich.

Da war sie wieder, meine kleine Nichte, das süße Mädchen, dem die Aussicht auf eine Tüte Eis ein Strahlen ins Gesicht zauberte. Scherzend tollten wir durchs Wasser, schwammen ein bisschen und legten uns schließlich auf den Rücken und ließen uns treiben. Balou hatte am Ufer Position bezogen und bewachte uns mit Argusaugen. Als er fand, dass wir lang genug im Wasser gewesen waren, fing er an zu bellen und gab uns damit deutlich zu verstehen, dass wir gefälligst herauskommen sollten.

»Er ist so ein schlauer Hund«, sagte Norah. »Ich glaube, er würde mich sogar vor dem Ertrinken retten.«

Wir gingen zurück zu unseren Handtüchern.

»Mit Sicherheit. Er wird dir über viele Jahre ein treuer Freund sein. Ich hoffe, du wirst seine Freundschaft nicht missbrauchen.«

»Niemals«, sagte Norah.

»Na ja, wenn du älter wirst, werden vielleicht andere Sachen wichtiger. Jungs, Partys …«

»Jetzt klingst du schon wie Mama«, sagte Norah und ließ sich auf den Boden plumpsen.

Ich packte die Gelegenheit am Schopfe. Schließlich hatte ich sowieso mit Norah über die neue Familiensituation sprechen wollen.

»Verstehst du dich gut mit ihr? Oder habt ihr öfter mal Stress? Du kommst mir manchmal ein bisschen flapsiger vor als sonst.«

Norah wickelte sich in ein Handtuch und malte mit dem Finger Kreise in den Sand, bevor sie antwortete.

»Sie nervt immer wegen Timmeritz. Aber sonst verstehen wir uns gut. Seit Tilo da ist, ist sie auch viel lockerer und fröhlicher. Das gefällt mir.«

»Und seit Tilo da ist, gibt es auch Balou.«

»Das ist das Beste an der Sache«, stimmte mir Norah zu.

»Deine Mutter will einfach nur, dass du glücklich bist«, sagte ich. »Dass du studierst und dir die Welt ansiehst, bevor du dich für ein Leben auf einer kleinen Insel entscheidest.«

»Ja, ich weiß. Und ich werde auch in Düsseldorf bei Mama bleiben und aufs Gymnasium gehen. Aber sie müsste einfach ein bisschen weniger oberlehrerhaft sein. Das nervt total. Edi war nie so. Und du auch nicht. Und Papa nur, wenn Mama ihn dazu verdonnert.«

»Sie hat eben die Verantwortung für dich. Sie meint es nicht böse.«

»Ich bin aber kein kleines Mädchen mehr. Sie kann nicht ständig über mich bestimmen.« Norah kraulte Balou hinter den Ohren. Der Hund grunzte.

»Jede Mutter will ihr Kind vor Fehlern bewahren. Das darfst du ihr nicht vorwerfen.« Ich schraubte die Flasche Wasser auf.

»Ich weiß übrigens, dass Papa in Claudine verliebt ist.« Norah grinste.

Ich wollte gerade trinken, hielt aber in der Bewegung inne. »Wie kommst du denn darauf?«, erwiderte ich erschrocken.

Torben würde bestimmt nicht wollen, dass Norah davon Wind bekam, wo doch erst vor kurzem Tilo in ihr Leben getreten war.

»Ich hab sie gesehen. Bei den Alpakas.«

Erleichtert atmete ich auf. »Na klar hast du das. Er hilft ihr öfter. Das Heu kann ganz schön schwer sein.«

»Er hat sie geküsst und seine Hand auf ihren Po gelegt.«

»Oh.«

So viel zu Claudines: Wir lassen es langsam angehen. Auf jeden Fall nicht langsam genug, um es vor Norah zu verheimlichen.

»Ist schon okay«, sagte Norah und nahm mir die Flasche aus der Hand. »Ich mag Claudine.«

Ich legte den Arm um meine Nichte. »Du weißt aber schon, dass du für deinen Papa die absolute Nummer eins bist?«

Egal, wem er die Hand auf den Po legt, dachte ich. Und im selben Augenblick wurde mir klar, dass das auch für meinen eigenen Vater gegolten hatte. Papa hatte Torben und mich geliebt. Ja, er war nicht perfekt gewesen. Aber trotzdem hätte ich mir keinen besseren Vater wünschen können.

31

Trude kam in die Inselbackstube. Wie immer zeigten die Mundwinkel leicht nach unten. Eine Frohnatur würde aus der alten Frau in diesem Leben wohl nicht mehr werden. Immerhin grüßte sie mich freundlich und verzog ihre Lippen für zwei Sekunden sogar zu einem Lächeln.

»Was darf's denn sein, Trude?« Gretchen machte gerade Pause und ich stand für sie hinter der Theke.

»Kuchen. Wir brauchen Kuchen.«

Mit *wir* meinte sie wohl sich selbst, Sarah und Konstantin. Die drei verbrachten Tag und Nacht miteinander. Okay, das war übertrieben. Aber besonders oft bekam ich Konstantin im Moment nicht zu Gesicht. Die Arbeit an seinem Roman nahm ihn vollkommen gefangen.

»Heute haben wir Sahne-Kirsch, Stachelbeer-Creme-Baiser, Marmor, Eierlikör, Maracuja-Quark und eine Bananentorte.«

»Nein, nicht so was Fettes. Lieber die trockenen Sachen. Marmor und Eierlikör. Jeweils zwei Stück.«

Ich packte die gewünschten Kuchenstücke ein. »Darf ich dir sonst noch etwas anbieten?«

»Was ist denn gerade im Angebot?«, fragte Trude.

»Roggenbrot, Laugenstangen und bei den Minibaguettes gibt es drei für zwei.«

»Roggenbrot ist gut«, sagte Trude. »Fünf Scheiben, bitte.«

Ich schnitt fünf Scheiben ab und wog sie. »Den Brotkanten lege ich dir so dazu.«

Trude nickte zufrieden.

Ich packte alles in eine von unseren blau-weiß gestreiften Papiertüten und legte noch ein paar Kekse dazu.

»Jürgen kommt heute«, sagte Trude. »Er wusste das ja alles nicht, von Sarah und so. Konstantin will, dass er im Buch vorkommt und erzählt, wie er sich fühlt. Mittlerweile sind die Nachbarn schon ganz neugierig.« Trude kramte Münzen aus ihrem Geldbeutel und legte sie auf den Tresen. »Alle wollen wissen, wer Sarah ist. Ich sag immer nur: eine alte Freundin. Geht die anderen gar nichts an. Können dann ja den Roman lesen. Hui, das wird Getuschel geben.« Trude reichte einen Schein hinterher.

»Ich finde es toll, dass ihr über euer Leben sprecht und Konstantin diesen Roman schreibt. Das ist ein wichtiges Stück Zeitgeschichte.« Ich reichte Trude die Tasche über die Theke.

»Na ja, Zeitgeschichte trifft vielleicht auf Sarah zu. Sie hatte ein aufregendes Leben und viel zu erzählen. Ich war ja nur die Putzfrau auf Timmeritz.«

»Das ist nicht weniger wert«, sagte ich. »Kein bisschen weniger.«

Trude machte ein paar Kaubewegungen und eine harsche Handbewegung, dann verließ sie den Laden.

Ich räumte gerade in der Auslage herum, als Claudine hereinkam.

»Hey, Nele. Ich übernehme hier. Torben würde gerne mit dir reden. Er ist drüben im Haus.«

»Okay. Dann kann ich Phipps gleich sagen, dass er noch Laugenstangen bringen soll.«

»Brauchst du nicht«, ertönte die Stimme unseres Mitarbeiters aus dem Gang zur Backstube. »Ich habe nämlich telepathische Fähigkeiten.« Er erschien mit einem vollen Blech im Verkaufsraum.

»Gib her, du Spinner. Ich räum das ein«, sagte Claudine lachend.

Sie nahm ihm das Blech aus der Hand und die beiden scherzten ein wenig, bevor sich Phipps in die Backstube zurückzog und ich mich auf den Weg ins Haus machte.

Mein Bruder saß mit einer Tasse Tee und ein paar eng beschriebenen Zetteln am Küchentisch.

»Du wolltest mit mir reden?« Ich goss mir Tee ein und setzte mich zu ihm.

»Ja. Ich brauche drei Tage frei. Zusammen mit Claudine. Ich weiß, jetzt in der Hauptsaison ist das schwierig, aber sie muss ihr Haus ausräumen. Die doppelte Mietbelastung ist auf Dauer einfach zu hoch.«

»Phipps und ich kriegen das schon hin«, sagte ich. »Mach dir keine Gedanken.«

»Nein, das schafft ihr nicht zu zweit. Deshalb habe

ich Malte angerufen. Er wird aushelfen. Vielleicht kann sich ja auch Konstantin ein paar Stunden von seinem Roman losreißen.«

»Er hilft uns bestimmt. Du kennst ihn doch. Wann wollt ihr fahren?«

»Erst am Sonntag in zwei Wochen, wenn Norah abgereist ist. Ich will nicht, dass sie sich irgendetwas zusammenreimt, was zwischen mir und Claudine laufen könnte.«

Ich lachte.

»Was ist daran so lustig?«

»Norah hat euch gesehen. Bei den Alpakas. Ich zitiere deine Tochter im Originalton: Er hat sie geküsst und seine Hand auf ihren Po gelegt.«

»Verdammt. Dieses Kind.« Torben rieb sich den Bart.

»Sie nimmt es locker. Sie mag Claudine.«

»Aber das ist zu viel für sie. Sabine und Tilo sind noch nicht lange zusammen. Da kann ich doch nicht auch noch mit einer neuen Frau daherkommen.«

»Warum nicht?«

»Weil das zu viel Durcheinander in Norahs Leben ist. Das verstört sie.«

»Nein, das sehe ich anders. Es verstört sie, wenn ihr sie ständig in Watte packt. Sie ist robuster, als ihr glaubt. Wenn ihr offen und ehrlich mit ihr redet, fühlt sie sich angenommen und respektiert. Wenn ihr sie immerzu als kleines Mädchen abstempelt, das beschützt werden muss und von nichts eine Ahnung hat, dann streikt sie.«

»Hm, so habe ich das noch gar nicht gesehen. Ich will einfach nur das Beste für sie.«

»Ich weiß. Aber denk immer daran, wie viele Freiheiten wir in unserer Kindheit hatten. Egal, ob unsere Eltern oder Oma und Opa: Sie haben uns zugetraut, dass wir unseren eigenen Weg gehen. Es hat uns nicht geschadet.«

»Apropos Eltern: Was hast du in Stralsund herausgefunden? Wir haben noch gar nicht über deinen Besuch bei diesem Psychologen geredet.«

Ich stand auf und schenkte mir Tee nach. Sollte ich Torben die Wahrheit erzählen? Oder die Tradition der Frauen in unserer Familie weiterführen und schweigen?

»Ist es denn wichtig?«, fragte ich.

Torben streckte mir seine Teetasse entgegen. »Ja, ist es. Ich dachte, die Vergangenheit interessiert mich nicht. Ich meine, sie ist vergangen, nicht wahr? Egal, was passiert ist, es lässt sich nicht mehr korrigieren. Aber anscheinend werde ich ein alter, sentimentaler Trottel. Denn seit du mit diesen ungeheuerlichen Vorwürfen aus Omas Tagebuch hier aufgekreuzt bist, denke ich ziemlich oft daran.«

»Papa war nicht depressiv«, sagte ich. »Er war niemals bei diesem Dr. Wolf in Behandlung.«

»Und was hat er dann in Stralsund gemacht?« Torben nahm die Tasse entgegen und schloss seine Hände darum.

»Er hat eine Frau besucht.«

»Eine Frau? Du meinst eine Prostituierte?«

»Torben!«, rief ich schockiert. »Wo denkst du denn hin. Nein, er hatte eine Affäre. Sie heißt Luisa, ist eine sehr unkonventionelle Person und macht gerade Urlaub.«

»Was?« Torben stand auf, schüttete den Tee in den Abguss und nahm sich ein Bier aus dem Kühlschrank. Er machte sich nicht die Mühe, ein Glas aus dem Schrank zu nehmen, sondern trank in tiefen Zügen aus der Flasche. »Wenn sie gerade Urlaub macht, woher weißt du dann von ihr?«

Ich erzählte die ganze Geschichte. Wie ich an der Hauswand lehnte, Julia mich ansprach, wir gemeinsam in die Wohnung gingen und ich schließlich das Foto sah.

»Verrückt.« Torben schüttelte den Kopf und grinste. »Aber das passt zu Papa.«

Irritiert schaute ich ihn an. »Es stört dich gar nicht?«

»Na ja, er ist ja nicht mir fremdgegangen, sondern Mama. Was ich aber noch viel beruhigender finde: Er hat sie definitiv nicht umgebracht.«

»Aber er hat sie betrogen. Und damit unser Familienglück aufs Spiel gesetzt«, warf ich ein.

»Mag sein. Aber das tut nichts zur Sache.«

»So einfach ist das?«

»Ja, ich finde schon. So einfach ist das.« Lächelnd setzte Torben die Pilsflasche an die Lippen und trank sie aus.

32

Die Zeit bis zum Inselflohmarkt verging wie im Flug. Es war Donnerstagabend und ich packte die Kisten mit der Trödelware, die wir Freitag, Samstag und Sonntag anbieten wollten. Torben hatte den Stand bereits vor der Backstube aufgebaut. Wobei die Bezeichnung »Stand« übertrieben war. Es handelte sich um einen Tapeziertisch mit Leinentischdecke, einen Kleiderständer und einige halbhohe Baumstämme, die als Beistelltische und zusätzliche Ablageflächen dienten. Aber sobald wir das Sammelsurium aus Büchern, Klamotten, Kunst und Krempel draufgepackt hatten, würde das Ganze richtig hübsch aussehen, da war ich mir sicher.

Torben brachte mit Norah noch ein paar Sachen vom Speicher.

»Die müsste man vielleicht ein bisschen abstauben«, meinte er. »Norah hilft dir.«

Meine Nichte flitzte in die Abstellkammer und kam mit einem Staubwedel wieder.

»Huch, was ist denn das für altes Zeug?« Ich hob einen mit Muscheln beklebten Bilderrahmen hoch.

»Ich glaube, das ist noch aus der Ferienwohnung. Wir haben sie doch vor ein paar Jahren modernisiert, und alles, was nicht auf den Sperrmüll gewandert ist, gammelt jetzt in einer dunklen Ecke auf dem Dachboden vor sich hin. Man müsste beim Ausmisten viel konsequenter sein.« Torben kratzte sich am Kinn.

»Vielleicht finden sich ja ein paar Liebhaber«, sagte ich. »Schau mal, dieses Windspiel ist doch eigentlich ganz hübsch.«

»Das olle Ding!« Torben verdrehte die Augen. »Das Gebimmel hat mich zum Wahnsinn getrieben. Schau bloß, dass du das aufs Festland verkaufst. Nicht, dass noch ein Nachbar zuschlägt.«

Norah kramte nun auch in der Kiste und beförderte zwei gehäkelte, fliederfarbene Kissenhüllen zum Vorschein. »Oh Mann, die sind eindeutig für Omas«, sagte sie mit gerümpfter Nase. »Riechen nach Mottenkugeln.«

»Stimmt«, sagte ich. »Am besten, wir hängen sie zum Auslüften nach draußen.«

Torben nahm sie Norah aus der Hand. »Ich lege sie auf die Bank vorm Haus. Ich muss jetzt wieder in die Backstube, der Sauerteig knetet sich nicht von allein.« Pfeifend zog mein Bruder von dannen.

Seit unserem Gespräch vor ein paar Tagen war er richtig aufgeblüht und viel lockerer. Natürlich war es erst ein Schock gewesen, dass Norah über ihn und Claudine Bescheid wusste, aber schließlich hatte es wie ein Befreiungsschlag für die beiden gewirkt. Es war nicht so, dass sie jetzt ständig öffentlich herumknutschten, aber sie versuchten auch nicht mehr, ihre Zuneigung zu verheimlichen. Ich freute mich von Herzen für die beiden. Sie waren ein schönes Paar.

»Wofür wird dieses Jahr eigentlich gespendet?«, riss mich Norah aus den Gedanken. Sie traktierte gerade eine verstaubte Vase mit dem Swiffer.

»Oh, für ein ganz tolles Projekt«, sagte ich. »Es heißt ›Meer Freude für Kinder‹ und ermöglicht jungen Menschen aus schwierigen Familien einen Urlaub auf Timmeritz.«

Jedes Jahr spendeten alle Teilnehmer am Inselflohmarkt einen Teil ihrer Einnahmen für ein wohltätiges Projekt, das im Zusammenhang mit der Insel stand. Gerold war sofort Feuer und Flamme gewesen und hatte kurzerhand angekündigt, die Spendensumme zu verdoppeln. Das war auf große Resonanz gestoßen und die Medien hatten überregional berichtet. Wahrscheinlich strömten dieses Jahr noch mehr Touristen zum Flohmarkt als sonst.

»Papa hat mir erlaubt, dass wir Hundekekse verkaufen. Den Erlös will ich komplett spenden«, erklärte Norah stolz. »Ich hab Rezepte aus dem Internet gesucht. Wenn er nachher mit dem Sauerteig fertig ist, backen wir gemeinsam.«

»Das ist ja super«, sagte ich. »Eine tolle Idee.«

»Ich hab gestern mit Emma schon Keksdosen für den Verkauf gebastelt. Wir haben sie mit buntem Tonpapier beklebt und dann Pfoten und Knochen aufgemalt. Willst du sie sehen?«

»Klar.«

Norah sprang auf und rannte in ihr Zimmer. Sie kam mit den Dosen wieder.

»Die sehen wirklich toll aus«, lobte ich sie. »Daraus verkaufen sich die Hundekekse ganz von allein, da bin ich mir sicher. Sag mal, wo ist eigentlich Balou?«

Normalerweise waren meine Nichte und der kleine Hund unzertrennlich.

»Der schläft bei Mama und Tilo in der Ferienwohnung«, sagte Norah. »Er ist todmüde. Wir waren heute mit Heinz unterwegs. Ich habe auf Max reiten dürfen und Balou ist nebenher gerannt wie ein Verrückter.«

Lächelnd schaute ich meine Nichte an. Sie sprühte vor Energie, die Haut war sanft gebräunt, ihre Augen leuchteten. Dieses Mädchen gehörte einfach hierher.

Fröhlich plappernd sortierten und putzten wir die Trödelware, bis Torben aus der Backstube zurückkam und Norah holte, um Hundekekse zu backen.

Ich stellte alles für morgen bereit und machte mich auf den Heimweg. Wir wollten uns nachher noch auf einen kurzen Mädelsabend im Lustigen Aal treffen, aber vorher sehnte ich mich nach einer Dusche und einem Kuss von Konstantin.

Die warme Abendluft roch herrlich nach würzigem Heu, Salzwasser und Grillgewürz. Ich liebte es, wenn sich die Gerüche des Sommers vermischten, die Tage lange hell waren und man im T-Shirt die ganze Nacht draußen sein konnte. Das kam nicht oft vor auf Timmeritz, aber heute hatte der Wetterbericht eine solche Tropennacht angekündigt.

Gut gelaunt sprang ich vom Fahrrad und lehnte es an den Gartenzaun. Konstantins Leihwagen stand vor der

Tür, was aber nicht unbedingt bedeuten musste, dass er auch hier war. Die kurze Strecke zu Trudes Haus legte er oft zu Fuß zurück. Trotzdem lief ich voller Vorfreude hinein.

Das Leben erschien mir endlich wieder leicht und voller Freude zu sein. Omas schreckliche Vermutungen hatten sich nicht bewahrheitet, Torben und Claudine waren verliebt, mit Sabine, Tilo und Norah lief alles glatt und es machte den Anschein, dass sie zu einer wunderbaren Patchwork-Familie zusammenwachsen konnten. Emma und Günni schwebten auf Wolke sieben, das Flohmarktwochenende und eine hochsommerliche Tropennacht lagen vor uns, die ich mit meinen besten Freundinnen verbringen würde. Und später mit meinem Traummann im Bett … Konnte das Leben schöner sein?

»Konstantin, Schatz?«, rief ich übermütig. »Bist du hier?« Ich erhielt keine Antwort. Küche, Wohnzimmer und Terrasse waren leer. Ich lief nach oben in sein Arbeitszimmer, und da saß er an seinem Schreibtisch unterm Fenster, mit Noise-Cancelling-Kopfhörern, ganz vertieft in seinen Roman. Konstantin hatte mein Kommen nicht bemerkt, er saß mit dem Rücken zu mir.

Kopfschüttelnd betrachtete ich ihn. Wozu er nur diese Kopfhörer trug? In dieser Ecke auf Timmeritz gab es keinen Lärm, sondern nur das Schreien der Möwen, das Klappern der Pferdehufe, das Rauschen der Wellen und das Rascheln des Dünengrases. Ich konnte mich mit dieser Geräuschkulisse im Hintergrund besser konzentrieren als in vollkommener Stille, aber da war jeder anders.

Ich schlich zu Konstantin, nahm ihm die Kopfhörer ab und küsste seinen Hals.

»Hey«, erwiderte er überrascht. »Das ist aber eine schöne Ablenkung.«

Seine Stimme hatte diesen rauen, zärtlichen Klang, den ich so gerne mochte. Er zog mich an sich und wir küssten uns leidenschaftlich.

»Ich dachte, heute ist Mädelsabend«, sagte Konstantin.

»Ich wollte vorher noch schnell duschen.«

»Duschen klingt wunderbar.« Konstantin sprang auf, hob mich hoch und trug mich ins Bad.

In Windeseile streiften wir uns die Klamotten vom Leib. Das warme Wasser prasselte über unsere Körper, die von ganz allein zueinanderfanden. So war es immer. Von Anfang an hatte ich das Gefühl gehabt, dass Konstantin und ich füreinander bestimmt seien, dass zwischen uns eine Verbindung bestand, die sich mit Worten gar nicht beschreiben ließ. Ich genoss Konstantins Berührungen mit geschlossenen Augen und gab mich ganz seinen Zärtlichkeiten hin. In seinem Armen blieb die Zeit stehen und der Alltag rückte in weite Ferne. Die schönste Auszeit, die ich mir vorstellen konnte!

33

Im Bademantel und mit Handtuchturban am Kopf stand ich in der Küche und trank hastig ein Glas Wasser. Ich musste mich beeilen, in fünfzehn Minuten hatte ich mich mit meinen Freundinnen im Lustigen Aal verabredet. Konstantin betrachtete mich lächelnd und nestelte am Gürtel meines Bademantels herum.

»Du könntest den Mädelsabend ausfallen lassen«, raunte er.

»Ich bleibe nicht lang«, sagte ich und schob seine Hände zurück.

»Im Moment ist mir sogar eine Sekunde zu lang.« Konstantins Blick flackerte vor Begehren.

»Tja, Vorfreude ist die schönste Freude.« Ich drückte ihm einen Kuss auf die Wange und lief nach oben, um mich anzuziehen.

Im Lustigen Aal angekommen, warteten die Mädels bereits auf mich.

»Endlich ist es mal jemand anderes, der zu spät

kommt«, sagte Frauke. »Normalerweise bin immer ich die Letzte.«

»Du hast ja auch den wichtigsten Job von uns allen«, sagte Emma.

»Na ja, das sehe ich anders«, erwiderte Frauke. »Laura und Nele sichern immerhin unser Überleben. Und deine Kunst macht unser Zuhause schöner. Aber meine Paragrafen führen meistens nur zu Ärger und Frust.« Frauke trank einen großen Schluck Weißwein. Sie sah angespannt aus.

»So schlimm?«, fragte ich.

»Normalerweise liebe ich meinen Job. Aber zur Zeit habe ich einige Fälle, die mich den letzten Nerv kosten. Ich verstehe Anwälte, die auf einmal Almwirte werden oder eine Suppenküche aufmachen.«

»Jetzt ist erst mal Inselflohmarkt«, sagte Emma. »Da hat schlechte Laune keinen Platz.«

»Stimmt. Sogar Christian ist in dieser Zeit gerne auf der Insel«, sagte Frauke. »Endlich mal was los.«

»Günni kommt auch«, sagte Emma. »Ich freu mich schon so.«

»Bilde ich mir das ein, oder ist dein Liebster in letzter Zeit ziemlich häufig auf Timmeritz?«, fragte Frauke. »Auf jeden Fall häufiger als du in Rostock, oder?«

»Ja, stimmt schon«, gab Emma zu. »Am liebsten würde er auf die Insel ziehen. Und er könnte ja auch bei Mads in der Werkstatt arbeiten. Aber da ist halt die Sache mit seiner Mutter. Er möchte Herta nicht allein lassen.«

»Wie ein Muttersöhnchen sieht er mir gar nicht aus«, sagte Frauke.

»Du weißt, dass es komplizierter ist. Das hat mit

Muttersöhnchen nichts zu tun«, sagte Emma. »Sie haben schwierige Zeiten gemeinsam durchgemacht, ist doch klar, dass man dann auch später zueinanderhält.«

»Ist ja auch egal. Ein bisschen Abstand kann die Beziehung schließlich lebendig halten«, sagte Frauke. »Weiß ich aus eigener Erfahrung.« Sie lächelte Emma an.

Käte trat zu uns an den Tisch und stellte ungefragt ein Glas Weißwein vor mich.

»Entschuldige Nele, dass es so lange gedauert hat. Aber ihr seht ja selbst, es ist die Hölle los. Eine gemischte Platte, wie immer?« Die Wirtin sah uns fragend an und wir nickten. »Wird gemacht.« Mit einem prüfenden Blick versicherte sie sich, dass meine Freundinnen noch etwas zu trinken hatten, dann eilte sie davon.

Ich mochte Käte. Sie war eine Wirtin vom alten Schlag: Stämmig, tatkräftig, manchmal eine Spur zu resolut, aber immer mit einem offenen Ohr für die Sorgen und Nöte ihrer Gäste. Wenn nicht so viel los war, setzte sie sich gerne zu uns, um ein wenig zu plaudern. Aber heute war daran nicht zu denken, der Lustige Aal platzte aus allen Nähten.

»Eure Sorgen möchte ich haben«, sagte Laura. »Ich wäre schon froh, wenn es überhaupt mal einen Mann in meinem Leben geben würde. Egal, wo er lebt. Wahrscheinlich werde ich als alte Jungfer enden.«

»Hey, mehr Optimismus, bitte. Immerhin hast du morgen ein Date«, sagte ich.

»Ich weiß nicht, ob man eine Alpakawanderung als Date bezeichnen kann. Es werden zwei Erwachsene und drei Kinder dabei sein«, sagte Laura.

»Lukas wird nur Augen für dich haben«, prophezeite Emma.

»Oder für die Alpakas. Ich meine, er ist Tierarzt. Und außerdem scharf auf Claudine. Wahrscheinlich ist die ganze Aktion eine Schnapsidee.« Laura seufzte.

»Claudine kann er sich aus dem Kopf schlagen. Die ist mit Torben zusammen«, sagte ich.

»Wie jetzt, offiziell?«, fragte Emma.

»Irgendwie schon. Norah hat sie in einer eindeutigen Pose gesehen. Abstreiten ist nicht mehr«, sagte ich lachend.

»Find ich gut. Die beiden sind ein schönes Paar«, sagte Laura.

»Wer weiß, vielleicht schwebst du mit deinem Tierarzt ja auch schon bald auf Wolke sieben«, sagte Frauke. »Er wäre jedenfalls dumm, wenn er die Finger von dir lässt.«

Käthe kam mit dem Essen an unseren Tisch. Mein Bauch knurrte so laut, dass alle am Tisch lachen mussten.

Plaudernd und kichernd machten wir uns über die gemischte Platte her. Es war ein heiterer, entspannter Abend. Trotzdem brachen wir früh auf, weil auf uns alle ein anstrengendes Wochenende wartete.

Voller Vorfreude radelte ich das kurze Stück vom Restaurant nach Hause. Wobei die Vorfreude weniger dem morgigen Inselflohmarkt als Konstantin galt. Die Nacht war wirklich herrlich warm, Glühwürmchen surrten durch die Luft und der Duft des trocknenden Heus kitzelte mich in der Nase.

Ich hatte erwartet, Licht im Arbeitszimmer zu sehen, aber das Haus lag im Dunkeln.

War Konstantin noch mal zu Trude und Sarah gefahren? Um diese Uhrzeit? Oder hatte er sich gar schon schlafen gelegt? Ohne auf mich zu warten? Kaum vorstellbar, normalerweise arbeitete er bis spät in die Nacht. Ich lehnte mein Fahrrad an den Zaun und ging ins Haus.

»Hallo?«, sagte ich. »Konstantin?« Es kam keine Antwort, aber ich hörte leise Musik. Bestimmt saß er auf der Terrasse.

»Eine traumhafte Nacht«, begrüßte er mich. »Ich hab es einfach nicht mehr an meinem Schreibtisch ausgehalten.«

»Und ich hab es nicht mehr ohne dich ausgehalten.« Ich setzte mich neben Konstantin in die Hollywoodschaukel und gab ihm einen Kuss.

Eine Zeit saßen wir schweigend da, hielten uns an den Händen und lauschten den Geräuschen der Nacht. Der Ruf eines Käuzchens mischte sich mit dem Rauschen der Wellen und dem Klang der leisen Musik.

Ich spürte Konstantins Blick auf mir.

»Was ist?«, fragte ich.

»Ich bin einfach glücklich, dass wir zusammen sind.«

»Weil du mich über alles liebst und alles für mich tun würdest?«, sagte ich grinsend.

»Genau so ist es.« Konstantin neigte den Kopf und musterte mich skeptisch. »Hätte ich das nicht sagen sollen? Kann es sein, dass jetzt gleich eine ellenlange Liste von Forderungen kommt?«

»Wo denkst du hin«, winkte ich lachend ab. »Wobei: Ich hätte da wirklich eine Bitte. Torben und Claudine fahren bald für ein paar Tage nach Schwarzenbek, um das Haus auszuräumen.«

»Und wir sollen mit?«, fragte Konstantin.

»Nein, das geht wegen der Backstube nicht. Und genau darum geht es: Spielst du ein paar Tage lang den Aushilfsbäcker?«

»Klar, wenn ich nicht gerade mit Sarah in der Schweiz bin, jederzeit gerne.«

»Was soll das heißen?«, fragte ich.

»Na ja, Sarah kann nicht ewig auf Timmeritz bleiben. Und ich kann sie kaum in einen Zug nach Zürich setzen und allein auf die Reise schicken.«

»Ja, aber du kannst die Reisedaten ja wohl flexibel gestalten«, erwiderte ich heftiger als gewollt.

»Warum rastest du denn gleich so aus?«, fragte Konstantin irritiert. »Wir werden das schon hinkriegen.«

»Sorry, tut mir leid«, flüsterte ich und löste meine Hand aus seiner.

»Nein, das tust du jetzt nicht«, sagte Konstantin.

»Was?«

»Deine Hand wegziehen. Auf Abstand gehen. Du musst aufhören, immer davonzulaufen, wenn es schwierig wird.« Konstantin griff wieder nach meiner Hand.

»Da redet ja genau der Richtige«, fauchte ich. »Wer ist denn nie da, wenn man ihn braucht?«

»Jetzt wirst du ungerecht«, sagte Konstantin.

»Werde ich nicht. Ich war allein, als ich dieses blöde Tagebuch von Oma gefunden habe. Und wahrscheinlich werde ich auch allein in der Backstube stehen, wenn Torben und Claudine nach Schwarzenbek fahren. Das Schreiben wird dir einfach immer wichtiger sein als ich.«

Durch Konstantin ging ein Ruck und er setzte sich aufrecht hin. »Was erwartest du von mir, Nele? Dass ich mir deinen Namen auf die Brust tätowiere und nicht mehr von deiner Seite weiche? Das kannst du vergessen.«

»Stimmt. Damit ich deine volle Aufmerksamkeit bekomme, müsste ich auch hundert Jahre alt und in einen Dachboden eingesperrt gewesen sein«, schimpfte ich. Sobald ich die Worte ausgesprochen hatte, bereute ich sie. Aber das würde ich jetzt nicht zugeben. Wütend sprang ich auf. »Ich schlafe im Gästezimmer.«

34

Mir tat alles weh. Die Einrichtung unseres Gästezimmers bestand bisher aus zwei Luftmatratzen und drei alten Decken. Ich hatte kaum geschlafen, weil ich mich so geärgert hatte. Nicht über Konstantin. Sondern über mich selbst. Ohne Grund hatte ich total überreagiert und einen wunderschönen Abend zerstört. Warum?

Ich hatte die ganze Nacht darüber nachgedacht. Die Antwort war unangenehm: weil ich Angst hatte.

Angst davor, mich ganz auf jemanden einzulassen. Angst davor, wieder allein dazustehen. Es lag nicht nur an dem, was mir mit Klaas vor über zehn Jahren passiert war. Dass er eine Affäre mit Jette gehabt hatte und ich das genau an dem Tag herausfand, als ich ihm von meiner Schwangerschaft erzählen wollte. Es lag auch nicht daran, dass ich daraufhin nach Hamburg ging und mein Baby verloren hatte.

Das Trauma reichte viel tiefer: Der Verlust meiner Eltern hatte ein Loch in meine Seele gerissen. Natürlich hatten meine Großeltern diesen Verlust so gut es ging kompensiert, aber ich hatte mich nie wirklich damit auseinandergesetzt. Anstatt den Schmerz in seiner ganzen Kraft zu fühlen, hatte ich bereits als Kind versucht, stark zu sein. Dieses Muster zog sich durch mein ganzes Leben.

Ich dachte an Sarahs Worte: Die Kindheit ist unsere Schatzkammer der Freude und gleichzeitig die Quelle unseres Schmerzes, den wir niemals überwinden werden, wenn wir nicht bereit sind, ihn in seinen ganzen scheußlichen Ausprägungen zu spüren. Viele Erwachsene handeln auch im hohen Alter noch wie das verletzte Kind, das sie einmal waren.

Diese Erkenntnis hatte mich in der Nacht viele Tränen gekostet. Aber gleichzeitig war sie so etwas wie ein Befreiungsschlag gewesen. Endlich wurde mir klar, dass ich mich nicht entscheiden musste zwischen Trauer und Starksein, zwischen Liebe zu meinem Vater und der Verurteilung seiner Affäre. Meine Gefühle waren okay, egal ob sie positiv oder negativ waren.

Trotz der anstrengenden Nacht stand ich leichtfüßig auf. Ich freute mich auf den Tag, fühlte mich stärker, gefestigter und zufriedener. Einen Moment lang wollte ich der Versuchung nachgeben, ins Schlafzimmer zu gehen und mich bei Konstantin zu entschuldigen. Aber ich widerstand dem Drang, denn ich wusste, dass er im Gegensatz zu mir kein Morgenmensch war. Nach der Arbeit war noch genug Zeit dafür.

Ich sprang unter die Dusche, trank einen schnellen Espresso in der Küche und machte mich auf den Weg in die Backstube. Heute war besonders viel zu tun, denn Inselflohmarkt bedeutete eine Unmenge an Touristen, und diese brachten zumeist einen großen Appetit mit nach Timmeritz.

Während ich durch den frühen Sommermorgen radelte, bildete ich mir ein, bereits die ganz besonderen Schwingungen zu spüren, die der Inselflohmarkt jedes Jahr aufs Neue hervorrief: eine flirrende Energie, die die ganze Insel verzauberte.

Torben nahm gerade die Sauerteigbrote aus dem Ofen, als ich die Backstube betrat.

»Was machst du denn schon hier?«, fragte er. »Hast du schlecht geschlafen?« Nach einem skeptischen Blick präzisierte er seine Frage. »Hast du überhaupt geschlafen?«

»Alles gut«, sagte ich.

Mein fröhlicher Ton schien Torben zu überzeugen, denn er fragte nicht weiter nach. Ich sah auf dem Tagesplan nach, was als Nächstes getan werden musste, und machte mich an die Arbeit. Es war ein Arbeitstag wie jeder andere auch. Phipps plapperte ununterbrochen lustiges Zeug vor sich hin, Torben brummte wie ein alter Seebär und ich überlegte mir schon mal, wie ich den Inselflohmarkt zusammen mit unseren Backwaren bei Instagram und Facebook schön in Szene setzen konnte.

Die große Überraschung folgte erst, als Claudine die Backstube betrat. Anders als sonst begrüßte Torben sie nicht mit einem verhaltenen Lächeln, sondern er zog sie an sich und gab ihr einen Kuss.

Claudine war genauso perplex wie ich, aber als Phipps laut auf den Fingern pfiff und schließlich zu Klatschen begann, lachte sie erleichtert und fiel meinem Bruder um den Hals.

Schon lange hatte ich Torben nicht mehr so glücklich gesehen. Alles an ihm strahlte.

Phipps summte mittlerweile den Hochzeitsmarsch.

»An die Arbeit, du Spinner«, grunzte Torben.

Damit war alles gesagt. Jeder übernahm wieder seine Aufgaben, die Stimmung war ausgelassen. Ein paar Stunden später hängte ich erschöpft, aber zufrieden meine Schürze an den Haken an der Wand und zog mein Handy aus der Tasche. Ich wollte Konstantin fragen, ob wir uns zu einem Spaziergang am Meer treffen würden. Ich wollte mich bei ihm entschuldigen für mein doofes Verhalten gestern.

»Nein, das geht nicht«, schmetterte er meinen Vorschlag ab.

»Oh«, sagte ich. »Ich weiß, dass ich gestern …«, formulierte ich vorsichtig den Anfang einer Entschuldigung. Ich hätte ihm das gerne persönlich und nicht am Telefon gesagt, aber Konstantin schien noch immer so sauer auf mich zu sein, dass er mich gar nicht ausreden ließ.

»Ich hole dich ab«, sagte er forsch. »Wir müssen reden.«

Bevor ich etwas erwidern konnte, legte er auf.

Nervös lief ich im Hof auf und ab, nestelte immer wieder am Flohmarktstand herum und zerbrach mir den Kopf darüber, was Konstantin mit mir besprechen wollte.

Würde er mit Sarah in die Schweiz aufbrechen und sein Buch dort zu Ende schreiben? Oder fand er meine Vorstellungen von Treue und wie ich eine Beziehung führen wollte so abwegig, dass er gar daran dachte,

Schluss zu machen? War ihm seine Freiheit wichtiger als alles andere?

Gleich würde ich es erfahren.

Konstantin hielt vor der Backstube. Er stieg nicht aus, sondern gab mir ein Zeichen, dass ich einsteigen sollte.

»Hey«, sagte ich vorsichtig, als ich mich auf den Beifahrersitz fallen ließ.

»Hallo«, erwiderte er tonlos, setzte den Blinker und fuhr auf die Hauptstraße Richtung Malsund.

»Wo fahren wir hin?«, fragte ich.

»Siehst du dann schon.« Konstantin richtete den Blick stur geradeaus.

Noch war wenig los, aber in zwei Stunden, wenn um vierzehn Uhr der Inselflohmarkt begann, würde es zugehen wie im Taubenschlag. Jetzt verbrachten die Touristen die Zeit am Meer oder bei einem schönen Essen in einem der Lokale, aber später würden sie von Flohmarktstand zu Flohmarktstand über die Insel gondeln und mit den Verkäufern über die Preise feilschen.

Wir fuhren an Teel vorbei. Ein friedliches Idyll inmitten einer prächtigen Heidelandschaft, aber anscheinend nicht Konstantins Ziel. Er folgte der Hauptstraße, vorbei an riesigen Sonnenblumenfeldern und Äckern, deren goldene Ähren im Sommerlicht glänzten. Dazwischen weitläufige Wiesen mit grasenden Schafen, ein paar Reiher, die auf der Suche nach Futter umherstaksten und der endlose Horizont, der heute in einem beinahe unwirklichen Blauton schimmerte.

Den Blick aus dem Fenster gerichtet, überlegte ich,

was ich sagen sollte, aber so sehr ich die Sätze in meinem Kopf auch drehte und wendete, keiner kam mir passend vor. Konstantin wirkte so in sich gekehrt, ja, regelrecht verbissen, dass mir jeder Versuch, mich zu entschuldigen, falsch vorkam.

Also glotzte ich weiter auf die Landschaft, unfähig, die Situation, in der ich mich gerade befand, einzuschätzen. Endlich erreichten wir Malsund. Konstantin fuhr am Ort vorbei Richtung Steilküste und stellte den Wagen auf dem Parkplatz ab.

»Komm«, sagte er. »Wir haben nicht mehr viel Zeit.«

35

Nicht mehr viel Zeit? Wofür?, fragte ich mich.

Konstantin nahm eine kleine Stofftasche vom Rücksitz.

»Verrätst du mir jetzt, was los ist?« Ich sah ihn fragend an.

»Nein.« Konstantins Kiefer mahlten.

Schweigend stapften wir über den schmalen Pfad am Leuchtturm vorbei, bis an den Rand der Klippen. Normalerweise war hier viel los, aber anscheinend waren alle auf der Insel schon im Flohmarktfieber, denn die lange Steilküste lag menschenleer vor uns. In weiter Ferne führte jemand seinen Hund spazieren und ein paar Meter vor uns standen zwei Fahrräder, von den Besitzern war jedoch nichts zu sehen.

»Willst du mich jetzt hinunterstoßen, weil ich mich wie eine dumme Ziege aufgeführt habe? Es tut mir leid, ehrlich. Ich weiß, dass ich …«

»Sei still.« Konstantin legte einen Finger auf seine Lippen.

Er griff in die Tasche und holte etwas heraus, dass ich nicht sehen konnte. Dann stellte er die Tasche auf den Boden und legte einen Arm um mich.

Erstaunt sah ich ihn an.

»Schau nach oben«, wies er mich zurecht.

Ich richtete meinen Blick in den Himmel. Außer einer Möwe und ein paar Schleierwolken war nichts zu sehen.

»Gleich«, sagte Konstantin. »Ich glaub, ich kann es schon hören.«

Ich drehte den Kopf. Und tatsächlich, da kam ein kleines Flugzeug angeknattert.

»Das fliegt aber tief«, sagte ich. »Will das hier landen?«

»Das will nicht landen«, sagte Konstantin. »Es will dir etwas mitteilen.«

Erst jetzt sah ich, dass das Flugzeug ein Banner hinter sich herzog. Noch war es zu weit weg, um die Worte darauf lesen zu können, aber mein Herz klopfte bereits wie verrückt. Wie gebannt starrte ich auf den Flieger, der langsam immer näher kam und dann gemächlich an uns vorbeizog.

»Nele, ich liebe dich«, stand auf dem großen Banner. Doch es gab noch ein kleineres, das darunter befestigt war. Die Freudentränen in meinen Augen ließen den Text verschwimmen. »Willst du mich heiraten?«

Ich fiel Konstantin um den Hals, überglücklich, lachend und heulend zugleich.

»Ist das dein Ernst?«, fragte ich. Ich trat einen Schritt zurück und musterte ihn.

»Normalerweise beantwortet man diese Frage mit Ja

oder Nein, nicht mit einer Gegenfrage.« Konstantin hielt einen Ring in der Hand und sah mich fragend an.

Ich blickte in seine strahlenden Augen, in das breite Lächeln auf seinem Gesicht.

»Würdest du denn ein Nein akzeptieren?« Ich zwinkerte kokett mit den Wimpern.

»So, du hast jetzt noch einen Versuch«, sagte Konstantin. »Wenn du den vergeigst, stecke ich den Ring der nächstbesten Frau an den Finger.«

»JA!«, kreischte ich. »Ja, ich will!« Überschwänglich warf ich mich in seine Arme und wollte ihn küssen.

»Erst der Ring«, ermahnte mich Konstantin.

Ich streckte ihm meine Hand entgegen. Er steckte mir den Ring zärtlich an den Finger und küsste dann sanft meine Fingerspitzen.

»Er ist wunderschön.« Ich betrachtete den Silberring mit der feinen Struktur und dem kleinen jadegrünen Stein. »Danke.« Ich gab Konstantin einen innigen Kuss.

»Ich muss mich bedanken. Dass ich dich an meiner Seite habe«, sagte Konstantin.

Wir standen eng umschlungen und schauten dem immer kleiner werdenden Flugzeug nach, bis es nur noch ein Punkt am Horizont war.

»Ich weiß, dass es nicht immer einfach mit mir ist«, sagte Konstantin schließlich.

Aus dem Punkt war mittlerweile ein Pünktchen geworden, außer einer Schiffshupe und dem Wind war nichts zu hören.

»Dann passen wir ja gut zusammen«, erwiderte ich lächelnd. »Tut mir leid, dass ich so ausgerastet bin.«

»Nein, im Ernst, Nele. Ich werde immer für meine

Romane brennen, sie sind ein Teil von mir. Aber du sollst, nein, du musst wissen, dass ich dich über alles liebe. Ich habe falsch reagiert, als ich bei Sarah in Zürich war. Ich hätte sofort zurückfahren müssen.«

»Unsinn. Ich habe überreagiert. Du hattest vollkommen recht. Der Unfall meiner Eltern ist siebenundzwanzig Jahre her. Ich war viel zu emotional.«

»Genau dafür liebe ich dich«, sagte Konstantin. »Du bist authentisch und mitfühlend. Eigenschaften, die selten geworden sind.«

Wir wanderten Hand in Hand an der Steilküste entlang. Der Wind zerrte an unseren Haaren und ließ ein Stück Papier durch die Luft tanzen.

»Mir wurde in Zürich schnell klar, dass ich dich mit meinem Verhalten im Stich lasse«, sagte Konstantin. »Ich habe lange mit Sarah darüber gesprochen, und sie hat mir einen sehr wichtigen Satz gesagt: Nichts hat mehr Gewicht in unserem Leben, als die Spuren der Liebe, die wir hinterlassen. Da war mir klar, ich will unserer Liebe das größtmögliche Gewicht verleihen, das es gibt. Ich will dich nicht heiraten, weil die Leute es erwarten, aus Status oder Konventionen. Ich will dich heiraten, weil das, was du in meinem Herzen hinterlassen hast, keine einfache Spur ist, sondern mindestens ein Highway.«

»Du hast das alles in Zürich schon geplant?«, fragte ich.

»Vor allem auf der Fahrt. Ich hatte viel Zeit zum Nachdenken. Sarah hat geschnarcht wie ein alter Matrose.«

»Und der Ring?«

»Ist von einer meiner Reisen. Ich habe ihn in China

gekauft, in einem winzigen Juwelierladen. Normalerweise interessiere ich mich nicht für Schmuck, aber dieser Ring hat mich irgendwie magisch angezogen. Er war mir viel zu klein, aber ich wusste, dass es irgendwann jemanden in meinem Leben geben würde, zu dem er perfekt passen wird.«

»Er ist einzigartig.«

»Genau wie du.«

Wir blieben stehen und sahen aufs Meer. Ein Segelboot zog vorbei, nicht groß, eins, wie meine Eltern es besessen hatten. Ich dachte an meinen Vater und wie tief die Spuren der Liebe waren, die er in meinem Herzen hinterlassen hatte. In diesem Moment spürte ich, dass ich ihm vergeben konnte, dass ich nicht mit Groll an ihn denken würde, nur weil er einen Weg gegangen war, der nicht der meine war.

»Woran denkst du?«, fragte Konstantin.

»Dass es Zeit ist, aufzubrechen. Der Inselflohmarkt beginnt bald.«

Gemeinsam gingen wir zum Auto, nicht Arm in Arm, aber enger verbunden als je zuvor. Der Leuchtturm thronte trutzig über der Steilküste und die Möwen kreischten ihre immer gleichen Klagen hinaus in die Welt, während Konstantin und ich ein weiteres Stück unseres gemeinsamen Weges gingen.

– Ende –

Copyright © by Lotti Tomke

Lotti Tomke
c/o Alex Kampf
Kienbachring 32
94350 Falkenfels

mail@lottitomke.com

1. Auflage: August 2021

Covergestaltung: Lotti Tomke
Bilder von depositphotos:
© eastfrisian, © vadmary, © elxeneize,
© elenathewise, © aga77ta, © montego, © sad444, © steve_byland, © birdPIXX, © Ann_Precious, © MalyDesigner, © belchonck, © karandev

Alle Rechte vorbehalten. Nachdruck, auch auszugsweise, nur mit schriftlicher Genehmigung der Autorin.

Printed in Poland
by Amazon Fulfillment
Poland Sp. z o.o., Wrocław

86027735R00148